神さまの決めた色

鈴木 文
SUZUKI Aya

文芸社

満開の桜が沿道に並ぶ大通りを歩いていくと、灰色のビルとビルの谷間に、アスファルトが継ぎ接ぎされた路地がある。飲食店の厨房から漂ってくる中華やイタリアンの調味料が絡み合った匂いをかぎながら、足早にその小径を通り抜けると十字路があり、角の小さな公園には錆び付いた滑り台とベンチ、パンダとキリンの顔をした前後に揺らす遊具がひっそりと置かれていた。その公園を右手に見ながら百メートル程歩き、私は立ち止まった。

目の前にある白いテカテカとした真四角のタイルを外壁に貼りつけたマンションは、そこだけが安っぽい玩具のように見える。昔、遊んだブロックで組み立てたような。エントランスの石段にかかった薔薇のアーチを潜り、オートロックキーを解除してロビーに入ると、一基だけのエレベーターのドアがすぐに開いた。この時間のエレベーターは大抵一階で待機をしている。ワンルームが十六ばかしの小さなマンションだもの。それに居住者は学生に限っているので、昼間は閑散としていても仕方ないわ、と私はエレベーター内の防犯カメラに向かって笑顔をつくってみた。最上階に上がると外廊下から遠くに東京タワーが見える。スカイツリーではなくて東京タワーなのが、ちょっと嬉しかった。いや、富士山だったらもっと良かったかも。自分も歳を取ったものね。心の中で呟きながら今度は真下を覗き込むと、軽トラックが横付けされ、さっき入ってきたばかりのエントランスの手摺りに緩衝材を巻く引っ越し作業員の姿が見えた。そういえば今日は、この四月に東京の大学に入学する男の子が越してくると聞いていた。地方からひとりでやって来る若者は、このコンクリートばかりの大都会に馴染めるだろうか。それとも今時の人はネットでいつも世界と繋がっているのだから、東京の喧騒や孤独なんて織り込み済みだろうか。

玄関を開けるとチワワのソナタが走ってきて、スカートにまとわりつくようにクルクルと私の周りを回った。エコバッグから焼き菓子の甘い香りが漂ってくるのに気が付くと、ソナタはリビングと私が手を洗っている洗面所を何回も行き来しながら、早く来てと言うようにキャンキャンと吠えた。

「はいはい、ワンちゃん用もありますよ。オヤツにしましょうね」

手早くクッキーをお皿に並べると、食器棚の前でしばらく眺めた後、私は長年かけて収集した世界中のカップの中からアンティークのティーカップを取り出した。

「ダージリンにしようかな」

ひとり暮らしになってから、心で思うことをなんでも口に出して喋る癖がついてしまった。苦笑いをしながら茶葉を律義に専用のスプーンで量ってガラスのポットに入れ、熱湯を注ぎ、三分計の砂時計をひっくり返した。細かくきっちりとしているのは、銀行員の性《さが》だろうか。その銀行も正社員としては早期退職をして、今はパートになって働いている。銀行のロビーでＡＴＭの操作が分からず途方に暮れているお年寄りに声を掛けるだけの仕事だけれど、若い頃は伝票や現金の最後の一円が帳簿と合うまで、深夜の店舗で計算をしていた。その後、本店勤務になって大きな案件にも関わった。大変だったけれど遣り甲斐もあったな。でも今だって振り込み詐欺に遭わないよう、ロビーの最前線にいるのは大切な仕事だわ。

音もなく砂時計の最後の黒い一粒が涙形の下に沈み、私はダージリンティーをゆっくりとカップに注いでいった。若葉のフルーティな香りがカップから溢れる。いつの間にかソナタが立ち上がって私の手元からクッキーが零れ落ちはしないかと、尻尾を振りながら大きな目を見開いていた。

「完璧よね……」

私は部屋を見渡すと呟いた。買ったばかりの白い猫足のダイニングテーブルは、輝いていて顔まで映しそうだ。珊瑚色のソファには、サテンのフリルが付いたクッションを並べている。窓には繊細なレースのカーテンが微かに揺れ、天井から垂れ下がったシャンデリアのクリスタルの飾りが、春の日差しを拡散していた。

黒や灰色の服しか身に着けない地味な私。髪をいつも後ろでひとつにまとめ、化粧も家にいるときはリップクリームくらいしかしない。質実剛健という古臭い言葉が自分にはピッタリだと思うのに、ここは絵本で見たお姫様の部屋みたいにかわいい。ソナタさえピンクのスカートを穿いて、この部屋の雰囲気に馴染んでいる。私には場違いな感じがするが、いつかはここに相応しい華やかな雰囲気を身に纏うようになれるのだろうか。ティーカップの薔薇模様が似合う女性のように。

二年前にそれまで一切の家事を引き受けていた母の清子が脳梗塞で倒れ、右半身が不自由になった。同じ頃、関連会社に出向を打診された私は、母の介護を言い訳に銀行を退職し、今の支店でパート勤めをするようになった。

介護と仕事。両立するのは可能だろうと、最初は高を括っていたが、頑固な性格の母をパートとはいえ仕事をしながら、家で看るのは容易ではなかった。デイサービスに行くのを渋り、家の中に他人のヘルパーさんを入れるのを嫌がった母に手を焼き、結局私は半年程で音を上げ、母を老人ホームに入居させた。私は逃げたのかもしれない。子供の頃から愛さなくてはいけないと分かっていても、愛せない母から。

生まれて初めて母の目から自由になった私は、それまでの鬱積を晴らすように、次々と行動していった。祖父から受け継いだ木造平屋の建て替えを頑なに拒んでいた母を気にすることなく家を壊し、学生専用の賃貸マンションを建設して、最上階を自分の思い通りの住まいにしたのだ。

ひとり暮らしの寂しさと引き換えに、今の私は自由で気楽だ。三十年以上正社員として働いた銀行の退職金はまとまった金額だったし、このマンションを建てたローンの毎月の返済も賃貸料で十分にお釣りがくる。無趣味な私がお金をかけているのは、好きなお茶を淹れるカップくらいだが、それさえも母は見る度に渋い顔をしていた。

「紅茶なんてどんなカップで飲もうが同じじゃないの。中身の茶葉が変わる訳でなし」

母は縁が欠けた自分のマグカップを頑なに使いながら、そう言った。確かに安物のティーバッグのお茶はそうかもしれない。でもこれは限定品の春摘茶葉なのよ……私はカップを鼻まで持ち上げると、目を瞑ってその香りを楽しんだ。そのとき、ピンポンとインターホンが鳴った。応答のボタンを押すと、

「今日、引っ越してきた笠原涼《りょう》です。ご挨拶に参りました」

カメラの向こうで深々と頭を下げている若者の姿が目に入った。

急いでドアを開けると、ひょろりと細く、背の高い青年がくねくねと身体を揺らしながら立っている。長めのマッシュルームカットにした前髪が目の半分まで伸びていて、表情がよく分からない。さぞ鬱陶しいだろうに。穿いているジーパンは色褪せていたが、真っ白なシャツにはアイロンが掛けられていて、花柄のクルミ釦《ぼたん》がアクセントになっている。

青年は持っていた紙袋から大きな箱を取り出すと、両手でおずおずと私の前に差し出した。

「母が大家さんに渡しなさいって。あの、たいした物ではありませんが」

受け取りながら包装紙をチラと見ると、温泉饅頭と書かれている。ただ甘いだけの田舎のお饅頭は苦手だが、こうして手土産を持って挨拶に来る入居者は滅多にいないので素直に嬉しい。

「大家といっても何をする訳でもないのよ。でもゴミの出し方とか、分からないことがあったら遠慮なく聞いて。大学で困ったときには相談にも乗るからね。私はこのマンションの母親役だから、東京のおかあさんのつもりでいいのよ」

そう言いながら、私も人並みに結婚していたらこれぐらいの子供がいてもおかしくないんだなあ、と思った。

「ありがとうございます。親戚はみんな地元に固まっているので、東京に誰も知り合いがいなくて。大家さん、頼りにさせてください」

「絵里さんって呼んでもらえるかしら。大家さん、はおばさんっぽいわ」

笑いながらそう言うと、涼くんも指で前髪をかき上げながらちょっと笑った。現れた瞳は大きな明るい茶色で、緊張しているのかウルウルしていた。なんだか、かわいい。私は思わず続けて声を掛けていた。

「きみはラッキーよ。ちょうどなかなか手に入らないお店のクッキーでお茶を飲んでいたところなの。涼くんも食べていかない？」

「いいんですか」

涼くんが前髪を押さえながら言った。私は彼の前髪にピンを差したい衝動にかられながら、玄関の中に招き入れた。

「もちろんよ。さあどうぞ」

きちんと脱いだ靴を揃えてリビングに入ると、涼くんは立ち止まり、両手を胸の前で組んで歓声を上げた。

「わあ、かわいい」

涼くんの言う通り、アラ還といわれる歳をして恥ずかしげもなく私は煌びやかなかわいい部屋に住んでいる。でも、これが私の理想の部屋。私はこの部屋を自慢したくなっていた。

「そうなの。お姫様のお部屋みたいにしたかったの」

涼くんをふわふわのソファに座らせると、クッキーを乗せたプレートを前に置いた。

「男の子だもの、お姫様なんて興味ないわよね」

「そんなことないですよ。歳が離れた姉がいるので、子供の頃は姉と一緒にお姫様ごっこをしましたよ。楽しいですよね」

「私も子供の頃はお人形さんでお姫様ごっこをするのが好きでね。赤い鞄型のお人形ハウスというのがあって、それを舞踏会の舞台にするの。お友達のお家に行く度に、そのハウスが羨ましくって」

「絵里さんは持っていなかったんですか」

「私の母は無駄な物は必要ないって人だから。私が持っていたのはお人形と着替えのワンピースが一着だけだったかしら」

友達のお家に女の子が集まって遊ぶとき、お姫様ごっこになると私はお人形のドレスを持っていないという理由でいつも仲間外れだった。

「ドレスを持っていないのに舞踏会に行かれないよね」友達はスパンコールやレースで飾ったドレスをお人形に着せながら、冷たく言った。悪気はなかったのかもしれないが、掌サイズのクローゼットに掛けられた水色や桃色の幾つものふわふわとした布は、私にとって残酷なほど美しくて、心に痛みが走った。仲良しのまゆこちゃんが、一番地味なチェックのドレスを「これ貸してあげる」と手渡してくれたけれど、私がお人形に着せたいのはそんなドレスではなかった。

「どれにしようかな」

私は食器棚の中を覗き込んで、涼くんの紅茶を入れるカップを選んだ。少なくとも今の私は選択できる沢山の美しいカップを持っていて、その中から選ぶ自由がある。食器棚のカップはどれも華やかだったので、その中で一番シンプルな緑色の縁にピンクの薔薇が一輪描かれている物を取り出すと、涼くんの前に置いた。

「キレイ……ですね」

涼くんは少女のようにもう一度両手を胸の前で組むと、私が注ぐ黄金色の液体を、瞳を輝かせて見つめた。

「キレイなもの、大好きです。かわいいものも。だからこの部屋は夢のようです」

「そうなの。それなら良かったわ」

涼くんは大切そうにクッキーを両手で掴み、一口ずつゆっくりと食べた。怖がりのソナタが隠れていたソファの陰からいつの間にか出て涼くんの周りをクルクル回ったので、涼くんは犬用クッキーの端を折り、ソナタの口の中に入れた。ソナタはそれを一瞬で飲み込むと、もっと頂戴と言うように彼の膝に前足を掛けて尻尾を振った。

「あらあらソナタ。男の人は苦手なのに、涼くんのことは気に入ったみたいね」

「ソナタちゃんって言うんですか、かわいい名前ですね」

「ええ、小さい頃ピアノが習いたくってね。でも習わせてもらえなかったの。そのリベンジにそんな名前にしたのかな。なんだか引いちゃうわよね」

「ピアノが弾けるようになりたいんですか？　それなら絵里さん今からピアノ、習えばいいじゃないですか」

「え？」

「幾つになっても弾けますよ、ピアノ」

思ったこともなかった、私がピアノを習うなんて。でも、なんでもないことのようにそう言う涼くんを見ていたら、ピアノの前に座っている自分の姿が頭に浮かんだ。もしかしたら、今なら。ううん、そんなの夢の夢だわ。私は自分の妄想を追い払うように頭を振ると、涼くんのカップにお代わりのお茶を注いだ。若い人と何気ない会話をするのは楽しくて、外が暗くなるまで話し込んでしまった。またいらっしゃい、と手を振って涼くんを玄関の外まで見送ると、遠く東京タワーの明かりが一斉にオレンジ色に点灯したところだった。


週の真ん中の水曜日は銀行もガランとして、ＡＴＭに並ぶ客も疎らだった。今は大抵の手続きはオンラインで済ませてしまう。広いロビーで番号札を持って大勢の人が座っていた昔の景色を知っている私には、閑散としたロビーはちょっと寂しかった。

今日は窓口に研修を終えたばかりの新人の女の子、佐伯さんが座っていた。私は困っている様子はないだろうか、と朝から彼女を気にしていた。花柄のワンピースを着た若い女性が窓口で新規の口座を作る手続きをし、佐伯さんが申込書をチェックして印鑑を確認している。大丈夫そうだな、と目を離そうとしたとき、彼女はワンピースの女性が本人確認用に渡したパスポートのカバーを乱暴に外していった。水色の生地に赤でイニシャルを刺繍したハンドメイドらしい手の込んだカバー。え、と思っているうちに、クシャっと丸めて横に置き「コピーを取らせていただきます」とぶっきらぼうに言って席を立っていく。俯いてじっとその丸まったカバーを見つめている女性の元に戻ってきた佐伯さんは、パスポートと皺になったカバーをそのまま女性に押しやるように返した。女性はカバーの皺を丁寧に指で伸ばすとパスポートをはめ込み始めたが、「お呼びするまでロビーでお待ちください」と言われたので、作業を中断して席を移動しなければならなかった。

私は急いで女性に駆け寄ると「お手伝いします」と言って、手早くカバーにパスポートを差し込んだ。

「素敵なカバーですね。手作りかしら」

女性はその言葉を聞くと、ほっとしたように顔を上げた。

「はい、母が縫ってくれて。新婚旅行に行くのに初めてパスポートを取ったのですが、私と夫のカバーをお揃いで作ってくれたんです」

「まあ、それではご結婚でこちらにいらしたのですね。それはおめでとうございます。優しいお母さまですね」

女性は嬉しそうに頷くと、パスポートを鞄の奥に仕舞った。女性が立ち去ったのを確認してから、私は佐伯さんの窓口に行き「ちょっと」と隅に連れ出した。

「お客様の物に手を加えるときはきちんとお願いをして、了承を得てからにしなさいね。それに丁寧に扱って、元通りにして返さないと」

そう伝えると、佐伯さんは「は？」と怪訝そうに私を見つめるだけで、何も言わずに席に戻っていったので、私は呆然と立ち尽くした。

今時の若い者は、などとおばさんの愚痴を口にしたくはない。彼女も自分で考えるだろう。私は余計なことをしたのだ。さっきの光景を思い出して落ち込みながら、私は遅い昼食を銀行近くのカフェで取っていた。このカフェのメニューはスープとサンドイッチだけの簡素なものだが、新鮮な有機野菜と吟味された素材が丁寧に調理されていて美味しい。ふと、涼くんの顔が浮かんだ。そろそろ田舎が恋しくなる頃だろう。きちんとご飯を食べているだろうか。このお店に連れてきてあげたいな。腕時計をチェックして帰り支度を始めると、今入ってきたカップルの聞き覚えのある声が耳に入った。

「だから先輩っ、もう疲れちゃいました」

「まだお昼でしょ。午後もあるんだから頑張って」

「だってー、ロビーのおばさんに文句言われたんですよ。ホント、信じられない」

「佐伯ちゃん、そんなこと言ったらマズイよ。彼女は本店の課長だった凄い人なんだから。銀行業務に関係のない関連会社に出向が打診されたとき、銀行の現場に拘りたいからって早期退職してパートになった銀行ラブの人なんだよ」

「そうなんですか？　銀行に残りたいからパートになるって、それヤバイですよね」

「まあね。あの人、陰でなんて呼ばれているか知ってる？」

「え、なんて呼ばれているんですか？」

「男より男らしい女。だから男は引いて、結婚もできないって噂だよ」

「おひとりさまってやつですか。確かに男の先輩より迫力あったもの。こわーい」

「まあまあ佐伯ちゃん、おごるから機嫌なおして食べようよ」

「本当ですか？　やったあ」

ふたりの笑い声を背に急いでお会計を済ませると、私はドキドキしながらカフェを出た。私だって好きで独り身でいる訳ではない。若い頃は恋もしたし、結婚を考えたこともある。

私は自分が銀行に入ったばかりの新人時代を思い出していた。一対一で指導をしてくれた先輩は、身体のがっしりとしたスポーツマンタイプの男性だった。熱血漢なところがあって厳しく、些細なミスも許されず、私は何度もトイレに隠れて泣いた。その度に彼は私の瞳が真っ赤なのに気付いて子供騙しのようなキャンディを差し出し「言いすぎてごめんね」と謝った。彼は東京にある老舗の旅館の長男で、経営を勉強する為に銀行に入行していた。家業の繋がりで銀行に就職する者は、実は多い。「本当は山登りがしたい、世界中の山に登りたいんだ」遠くを見るような目をして、彼はそう言った。「でも、僕は旅館の跡取りだからそれはできない。いつか銀行も辞めないといけないから、今のうちにきみに僕の知識を全て伝えたい。だから熱が入ってしまってごめんね」と彼は言って、私と一緒にキャンディを口に放り込んだ。ミントの味がする、透き通った青いキャンディを。

いつしか私は彼が好きになり、彼も私を好きになった。金曜日は銀行の帰りにホテルの最上階のバーで落ち合うのが習慣になった。眼下に連なるビルの窓には同じような白い明かりが並んでいるのに、東京タワーだけが先端を夜空に突き刺すようにしてオレンジ色に光っていた。

「星が見えないかな」彼は東京タワーの上を見ながら、いつもそう言った。「山に行くとね、空は星で埋め尽くされる。すぐそこに届きそうなくらいに。光が上にあり、闇が下にあるんだ。だから光を掴もうとして手を伸ばす。大都会の明かりの中で、自分も光の一部でいるような傲慢な気持ちが消えて、謙虚になれる。真実の光を掴まなきゃ、そう思えるんだ」

彼が琥珀色のグラスをゆっくりと回すと、グラスに映った東京タワーがぐらりと揺れた。「掴むのに星は遠すぎるから、結局僕は自分の掌にある光を守るしかないけれどね」彼はそう言って笑ったけれど、目には涙が浮かんでいた。

遠い昔のことだ。

駅前のスーパーで夕飯の材料を買い、私は重い足取りでマンションに向かった。大通りの桜並木はとうに花の季節を終えて、萌黄色の葉を車道まで伸ばしている。法律事務所の看板がある角を曲がると、通称野良猫通りだ。私が子供の頃は、沢山の野良猫が飲食店の残飯を狙って徘徊していたが、今はお店も衛生状態に気を遣うようになったので、野良猫は滅多に見なくなった。それでも時折、白い太った猫を見掛けることがある。十字路に出ると公園を左に曲がり、そこからはマンションの真っ白いタイルが見えて、自分の部屋に戻った気分で早足になるのだが、今日は違った。

公園のパンダの遊具に涼くんが腰かけていた。涼くんは俯き、スニーカーの先を足元の土に線を描くように動かしていた。マッシュルームカットの前髪は相変わらず目を塞いでいたが、その奥でなんだか光るものがあった気がして、私は思わず声を掛けた。

「涼くん、どうしたの」

「あ、絵里さん。今、帰りですか」

「そうよ、いいお肉がタイムセールになっていて得しちゃった」

エコバッグを高く持ち上げて見せると、私はそのまま公園に入りパンダの横にあるキリンの遊具に腰かけた。どこからか夕方の鐘の音が聞こえていた。

「お部屋に帰らないの？」

「子供じゃありませんよ」

涼くんは寂しそうに笑うと空を見上げた。ビルに囲まれた都会の空は小さな箱庭のようで、ふわふわとした塊の雲が夕闇に向かって一方向に流れていく。

「今日、大学の新歓だったたんです」

「そう。賑やかだったでしょう」

「ええ、それはもう。キャンパスいっぱいにサークルの勧誘で学生が溢れて。みんな目いっぱい、学生生活を楽しんでいるのが伝わってきて眩しかったです」

「あなたも、もうその一員じゃない。どんなサークルに入るか決めた？」

「まだ決めていないです。チアガールのデモを見て感激しちゃった。……キレイなもの、かわいいものが好きだって言いましたよね。でも、チアガールにはなれないし」

「男の子の応援部ってあるんじゃないの？」

「学ランを着た？　そういうのじゃないです」

涼くんは微かに笑うとパンダから降りて、そのまま遊具にもたれかかった。

「ほら、あの雲。雪玉のように小さいのに空の中に溶けていかないなんて不思議」

「あらホント。キレイねえ」

ふたりでしばらく空を見上げていると、雪玉の雲が珊瑚色から橙色に染まっていった。

「絵里さん、東京のおかあさんになってくれるって言いましたよね。本当の母にも言えないこと、言ってもいいですか？」

髪の奥からじっと私を見つめる涼くんの目を見つめ返しながら、私はゆっくりと頷いた。

「ずっと自分の心を誤魔化してきたけれど、今日、もうそれはできないって思いました。あの、心が女の子なんです。だからこんなに苦しいんです」

「あ……」

涼くんに抱いていた違和感が、その言葉を聞いて私の中からすっと消えていった。涼くんは決して主語を話さない。僕とも俺とも。女性的な仕草もユニセックスな服装も、腑に落ちた。なんて言えばいいのだろう。涼くんの眼差しは真っすぐで、正直で、それでいて何かを恐れている。その目を見ていたら、私は自然に言葉が出てきた。

「それなら、自分に素直に生きればいいよ。堂々と女の子でいればいいんじゃない？」

「え？　絵里さん、驚かないんですね。気持ち悪いとか言わないんですか？」

「そんなこと言わないわよ。正直、涼くんが男の子だって女の子だってどっちでもいいもの。涼くんは涼くんでしょ」

「……東京はやっぱり大都会ですね」

「そう？」

「そうですよ。田舎でこんな告白をしたら、その日から除け者ですよ。父や母に言ったら、それは我儘だって怒鳴られるでしょうね。姉には誰にも言うなって軽蔑されるでしょうし。だから、ひたすら自分の心を抑えるしかなくて。友達に合わせて笑いたくない話に笑って、男らしく振る舞って」

高校生の涼くんが、友達と週刊誌のグラビア記事を見て愛想笑いをしている姿が目に浮かんだ。

「自分で自分をずっと変だと思っていた。自分の心を変えたかった。自分は男の子なんだからって何度も言い聞かせました。でも、抑えつけても抑えつけても、心が叫ぶんです。本当は女の子でしょって」

涼くんはそう言うと、両手で顔を覆い、しばらく動かなかった。

「涼ちゃんって呼ぼうかな、私」

「涼って呼び捨てでいいですよ。年下だし」

やっと顔から手を離した涼の目は真っ赤だった。

「そうね、それなら涼、まず本当のあなたを認めて好きになることから始めたらいいのではないかしら。私は応援するわ」

本当の私。私は本当の自分でいるのだろうかと思いながら、そう言った。

「絵里さん、ありがとうございます。今日からやっと自分に向き合えそうです」

涼はそう言うと、赤い目のまま笑った。

私たちは一緒に夕焼けを見ながら、マンションに向かって歩いた。涼は私のエコバッグを持ってくれて、私の歩幅に合わせて長い足をちょこちょこと動かした。力も体力も高い背丈も、今の涼にとっては邪魔なものなのかもしれないと思うと悲しい。さっき涼に言った、本当の自分を好きになる、という言葉はなんて残酷なのだろう。どれだけの人が自分を好きでいられるのだろう。もしかしたら、偽りの自分のまま無難に生きる方がずっと楽かもしれないのに。

それでもそう言うしかなかった。私は自分を好きになれない苦しさを知っているから。

「あ、薔薇が咲いている」

マンションの前まで来たとき、涼がエントランスを指差した。

「本当！　いつの間に咲いたのかしら」

アーチが黄色い小花で埋め尽くされていた。昨日まで固い蕾だったのに。私たちはその香りを吸い込むと、アーチを潜った。

ソナタはいいお肉の匂いが分かるらしい。私がお肉の入ったパックを開けると、キッチンとリビングの境に置いているゲートに前足を掛けて、キャンキャンと吠えた。普段はカリカリの総合栄養食しか与えないのだが、時々こうして甘えさせてしまう。私はソナタの為にお肉の脂身を丁寧に取り除きながら、どうせひとりでは食べきれないのだから、と自分を納得させた。ソナタと自分の夕食を終えると、私は明日、母のホームに持っていく荷物をまとめようと、リビングとガラス障子で繋がっている和室に入った。

マンションを建てるとき、この部屋に母が帰ることは永遠にできないかもしれないけれど、母の居場所だけは作ろうと思った。

祖父は着物の染色を仲介する染物屋を経営していて、私が幼い頃には母屋と繋がる店舗に沢山の色とりどりの布が掛けられていた。四季の花が描かれた反物や繊細な色合いの着物は、子供の私にとって夢のように美しく、私は保育園から帰るとずっと祖父の隣に座って、祖父がお客さんと広げた反物を見ていた。父は染物屋の跡を取るつもりはなく、サラリーマンになったが、母は朝早くから店の手伝いで母屋と店舗を行ったり来たりしていた。

その店も、着物を染め直してまで着る人がだんだんと少なくなり、祖父が亡くなったのをきっかけに、私が小学生になる頃には廃業してしまった。

そんな家族の歴史が詰まった家をマンションに建て替えるのは躊躇もしたけれど、それでも他に選択肢はなかった。周りをビルに囲まれた都会の土地を平屋のまま置いておくなんて、時代が許さない。だから、母の部屋は罪滅ぼしの代わり。

私は和室に置いた母の桐箪笥を開けると、溜息を吐いた。一番下の引き出しにグリーンや濃紫のブラウスがタグを付けたまま仕舞われている。毎年、母の誕生日に私がプレゼントした沢山のブラウス。母は私が差し出すブラウスをこんな高価な物を買って、と仕舞い込み、そのブラウスを着た母の姿は見たことがなかった。若い頃は染物屋の切り盛りをし、子育てと姑の介護を同時にした母。やっとそれから解放されても、会社人間の父は電子レンジひとつ扱えない人だった。その父が突然会議中に倒れてあっという間に逝ってしまった後は、友達ひとり作る暇のなかった母に、お洒落なブラウスを着ていく場所や相手はなかったのだろう。

地下鉄を乗り継いで母のいる老人ホームに着くと、部屋がある三階に向かった。エレベーターを降りると広いダイニングルームになっていて、そこで午後のアクティビティが行われていた。今日は塗り絵の日で、楽しそうに一生懸命色を塗っている人もいれば、ただ画用紙を見つめているだけの人もいる。手を動かさずにスタッフと笑い声をたてて話し込んでいる人もいた。母はどこかと素早く見回すと、みんなに背を向けて、窓を前に置かれた車椅子に気が付いた。

「おかあさん」

後ろから声を掛けても微動だにしないので、車椅子の前に回って顔を覗き込んだ。

「おかあさん、来たわよ」

「ああ、絵里」

母はハッとするように私を見ると、視線を窓の外に戻した。

「何を見ていたの？　みんな塗り絵をしていたわよ。おかあさんはしないの？」

「塗り絵なんて子供じみたこと」

母はゆっくりそう言うと、車椅子を回した。

「部屋に行きましょう」

ゆっくりとでも普通に話をし、車椅子の操作ができるのはありがたいと思う。家にいるときはここまで回復すると思わなかった。寝たきりになってもおかしくないと医者に言われたが、母は他人の世話になりたくないと、ホームに入ってから懸命にリハビリをした。その言葉には、なぜ娘が介護をしないのかという責める気持ちが多分に入っているのを私は感じていたが、気が付かないふりをして私は母の頑張りを褒めた。

「春のお洋服を持ってきたわ。もう汗をかく日もあるでしょう」

風呂敷包みから出した色とりどりのブラウスをベッドの上に並べていくと、無彩色の部屋が一気に明るくなった。

「絵里、どういうつもり？」

「え？」

「こんなよそいきを持ってきて。これを着てどこに行けというの」

「ここで着る為に持ってきたのよ。箪笥の肥やしにしていたら勿体ないわ。どんどん着ればいいと思って」

その言葉を聞いて、母の顔が険しくなった。

「お洒落したってしょうがないじゃないの。ここにいる人はね、今日が何日なのか何曜日なのかも分からないのよ。そんな人たちの前でお洒落をしたって」

「おかあさん、それは病気のせいでしょう。おかあさんには自分の為にお洒落をして欲しいの。いつまでもキレイでいて欲しいのよ」

「こんな姿になって、キレイも何もないもんだ」

母はそう呟くとブラウスを手に取ってじっと眺めてから私によこしたので、私は箪笥のセーターやらカーディガンやらとブラウスを入れ替えた。

「マンションはどうなの。問題を起こす入居者はいないでしょうね」

「大丈夫よ。みんなゴミも選別してくれるし、ちゃんとした人ばかりよ」

涼のことを話したら母はなんて言うだろうかと、少し可笑しくなりながら答えた。

「大金を借りてマンションにするなんて。あの土地にはおじいさんが大切にしていたお店があったのに」

「その話は散々したでしょ。あのままあの家を置いておくことは、防災上もできないって。うちがあの辺りでは最後まで残っていたのよ。地震で崩れたり火災を出したりしたら、それこそ大変なことになるわ」

「金物屋も布団屋も、みんな若旦那になってから店を潰してしまったものね」

母は溜息を吐くとベッドに横になろうとしたので、私は母を支えてゆっくりと背中をベッドに下ろした。

コンコンとノックの音が聞こえてスタッフが入ってくると、検温の時間だと言う。私は、ではは外にいます、と言って部屋を出た。ダイニングの椅子に座ると、目の前のラックに新聞と雑誌が幾つか差し込まれていた。見るともなしにそれを眺めていると、裕福なシニア層を対象にした女性誌の表紙に見覚えのある建物の写真が載っている気がして、思わず手を伸ばした。特集のタイトルは「今、行きたい老舗旅館」。

手元でよく見ると、そこに書かれた名前は確かに付き合っていた先輩の旅館だった。ドキドキしながら雑誌を捲っていく。特集の最初のページに、東京で進化し続ける新しいタイプの旅館として、先輩の旅館が紹介されていた。何度も先輩と一緒に入ったことのある旅館。重厚さに圧倒されながら、恐る恐る潜った古めかしい正門。写真に写った門はそのままだったが、庭園の様子も旅館内部の写真も、私の知っているそれとは様変わりしていた。人工芝を敷き詰めた中庭にアイアンのベンチが置かれ、花壇に洋花が咲き乱れている。客室のインテリアはモノトーンで統一され、モダンだ。宴会場の代わりにシアタールームが設けられ、そこで星空を映す上映会が無料で開かれて人気を博していると書かれていた。こんなに変わってしまったんだ。比べられないけれど、私の家が変わったように。そう思いながらページを捲ると、私はハッとした。

経営者へのインタビューとして、先輩の写真が何枚も大きく載っていた。髪に白いものはあるけれど、がっしりとした体格も、真っすぐ前を見据える眼差しも、温和な笑顔も私の知っている彼のままだった。次のページには一族の紹介として、白い付け下げを着た女性と並び、後ろには彼とそっくりな瞳をした若い男性とセーラー服姿の女の子の四人の写真が掲載されている。旅館を切り盛りしている女将さんは古風で控えめな女性と紹介され、息子が跡取りとして修業を始めたと書かれていた。

先輩は幸せなんだ。受け継いだ旅館をしっかりと守り、私生活は温かい家族に囲まれている。なんだか涙が出てきた。

母の部屋からスタッフさんの呼ぶ声が聞こえたので、私は慌ててスマホを取り出すと、そのページを写真に収めて、母の部屋に向かった。

あの告白を聞いてから、私は涼を時折夕飯に誘うようになった。涼は変わっていった。会う度に、どんどんと進化するように。マッシュルームカットの髪は伸びてボブスタイルになり、前髪はきちんと眉の下で揃えられていた。フレアーラインのパンツを穿きパステルカラーのシャツを身に着け、腕にビーズのブレスレットを嵌めていた。私の部屋に入る都度、かわいいインテリアに歓声を上げて薔薇模様のティーカップをうっとりと眺めた。

「ねえ涼、聞きにくいんだけど」

ある日、私は思い切って訊ねてみた。

「涼は大学でみんなにどんな風に思われているの？　あの、困っていることがないかと思って」

「そうですねえ、変なヤツって思われているかもしれないけれど、面と向かって何か言われたりはしないです。どうしてそんな恰好をしているの、とかは聞いてきませんよ」

「そう、それなら大学生活を楽しんでいるのね」

「うーん、でもそういう感じだと上辺は友達でも、本当の友達ではないのかな。絵里さんみたいになんでも話せる……」

涼はソナタを膝の上に乗せて、クククと笑った。ソナタは涼が大好きなので満足そうだ。

「どうしたの？」

「あのね、私」

涼は自分のことを私、と言うようになっていた。

「手芸サークルに入ったんです。そこではカミングアウトして、それでも入れてもらえますかって聞いて」

「まあ、思い切ったわねえ」

「ドキドキしましたよ。でも自分らしくいようと決めたら、堂々と私は女の子ですって言える場が欲しくなったんです。一瞬シーンとして、その後に拍手が起こったんです。数人いる男子が俺たちも手芸サークルでは少数派だからウエルカムだよって、女子も私たちと一緒に作品を作りましょうと言ってくれて、本当に嬉しかったの」

そう言ってもう一度笑った。

「私が着たいと思う服はメンズにはなかなかないから、いつか自分で作れたらいいなと思って。今、仲間に教えてもらってミシンの特訓中です」

「もしかしたら、それ」

私は涼のリュックサックを指差した。最近熊の小さなお人形が付けられているのが気になっていた。

「そうです、これは羊毛フェルト。ソナタちゃんがモデルなんですよ」

「ええっ、それソナタなの?」

白熊だとばかり思っていたのに。でもよく見ると、目の大きいところがソナタに似ていた。

「そうか、ソナタね。良かったね、ありのままの自分でいられる居場所ができて」

その言葉を聞くと、涼の目がみるみる潤んでいったので、私まで胸がキュンとした。

「自分に正直でいることがこんなに満たされた気持ちになるなんて。絵里さんやみんなが私を受け入れてくれたからです」

「勉強もちゃんとしてくださいな。優秀な大学の学生さんなのだから」

「了解です！」

涼が叫ぶと、ソナタがびっくりしたように膝から飛び降りて、涼の周りをキャンキャン吠えながら回った。

夕飯用に作りすぎた煮物の残りを持って涼が帰ると、私はソファに座ってスマホを取り出し、先輩の記事が載った写真を開いた。

私にも涼のようなキラキラした時代があった。毎日が楽しくて、人生の孤独も不条理も知らない、前に進むだけの日々が。先輩の隣で優しい笑みを浮かべる女将さん、もしかしたらここに立っていたのは私だったかもしれない、そう思うとなんだか心が揺れた。

先輩にプロポーズされたのは、山中湖にキャンプに出掛けた夜だった。小さなテントの前にふたり並んで湖面を見つめていると、星と月が水の上で風の音と共にゆらゆらと揺れていた。

「僕が旅館の跡継ぎという運命を背負っているように、いつかは絵里に女将という重荷を背負わしてしまうかもしれない。それでも一緒にいたい。ふたりならきっと乗り越えられると思うから」

そう言って先輩は私に結婚してください、と言った。私は旅館の女将がどういうものなのか何も分からずに、頷いていた。私も先輩と一緒にいたい、ただそれだけの思いで。

私たちが結婚すると告げると両家は騒ぎになり、大反対された。彼の家は私がひとりっ子ということ、私の家は彼が旅館の跡継ぎというのが理由だった。

母は私が銀行から帰ってご飯を食べていると、前に座って毎日同じことを言った。

「義理の親と同居するだけでも大変なのに老舗の旅館に嫁ぐなんて、どれだけ苦労するか分かっているの？」

「分かっているわよ。でもね、彼はしばらく銀行のお勤めを続けていいと言うの。すぐに女将になる訳じゃないし旅館に関わるのはいつか、の話よ」

「なに馬鹿なこと言ってるの。そんなの許される訳ないでしょう。同居したらね、自由なんてないの。自分の思い通りになることなんて、ひとつもないんだから。おかあさんが染物屋に嫁いで、店とおばあさんの世話でどんなに苦労したか。あなたにはね、そんな苦労をさせたくないのよ」

「はいはい、お店が大変だったって話は何度も聞きました。お父さんは会社人間で何もしなかったんでしょう。でも彼は旅館を経営していくのよ。ふたりで助け合って働くんだから大丈夫なの」

「何も分かってないわね。後で悔やんでもおかあさんは知らないからね」

母はそう言うとバンッと襖を閉めて自分の部屋に引き籠った。彼の家に挨拶に行くと、女優さんのようにキレイにお化粧をし、艶々した黒髪を大きなリボンで束ねたお母さまが私を見た途端に言った。

「まあ随分と地味なお嬢さんねえ。あなた、いつもそんなお洋服を着ているの」

そのとき私は銀行に行くのと同じ白ブラウスに黒のスーツを着て、髪はゴムでひとつに結んでいた。いつものスタイルだ。

「旅館は人をおもてなしする場所ですからね。来てくださる方に華やかで楽しい気分になっていただくのが大切なのよ」

「かあさん、絵里は銀行員だから固いんだよ。女性で初めて総合職になった我が店のホープを、かあさんと一緒にしないでよ」

先輩は庇ってくれたけれど、お母さまは不満そうだった。

「どれだけ優秀なお嬢さんかしれないけれど、ここで必要なのは学問じゃないのよ。あなた、お酌のひとつもしたことないでしょう」

確かに私は銀行の飲み会があっても、そういうことは一切しなかった。男性社会で上に登っていくのに、女性であることを言い訳にしたくなかった。中には愛想笑いをしながらお酌をして回る女の子もいたが、私はそんな子を心の中で軽蔑した。実力で私を認めさせたい。私はいつも男性と同じであろうとした。

それから度々、私は先輩の旅館に行くようになり、いつしか彼のお姉さんと一緒に簡単な雑務を手伝うようになっていた。彼と銀行の案件の処理を考えたり、顧客への対応を相談しているときに限って、彼のお母さまが呼びに来て、忙しいと言うので私は手伝いに出ていかなければならなかった。私がしたのは洗い物や掃除で、そんなとき彼はひとりでパソコンに向かい、部屋から出てくることは決してなかった。

ある日、いつものように彼と持ち帰った銀行の資料作りをしていると、お母さまが部屋のドアを開けて言った。

「まったく、どれだけ気が利かないの。さっきから厨房がてんてこ舞いなのに気が付かない？　客商売はね、言われてから動くのでは遅いのよ。さっさと来て」

慌てて私が立ち上がると、彼はパソコンから目を離さずに言った。

「早く済ませて戻ってきてね。今日中にこの資料を仕上げないとまずいから」

「だったら一緒に厨房に来て。みんなで働いたらすぐに終わるわ」

私がそう言うと、彼はゆっくりとパソコンから顔を上げて、お母さまと目を合わせた。

「厨房は女の仕事場なんだよ。僕が行っても迷惑なだけ」

「社長になる人に洗い物をさせるなんてねえ。なに言っているのかしら、この人。ああ可笑しい」

そう言ってふたりで笑った。

私はまだ若く未熟で、何も知らなかった。なんでもできると思っていた。そのとき初めて、私の価値観とは違う何かが世の中にはあると知ったのだ。

そんなことが何回か続いて、ある日ついに私は爆発した。

「私はあなたが好きだから結婚したいの。旅館の女将になりたくて結婚するんじゃない。ただ、あなたと夫婦になりたいだけなのよ。それなのにどうしてあなたは、私が女将になると決めつけているの。私の未来までどうして縛るの」

「絵里、ごめん。僕と結婚するということは、旅館を経営していく家の家族になるということだよ。それは旅館の跡取りとして生まれた僕の運命だから、仕方ないんだよ」

彼はとても困ったように俯いた。

「なぜあなたひとりが旅館を背負うの。お姉さんだっているのに」

「だって僕は男だから。姉さんは結婚したら出ていく人だもの」

愕然とした。先輩は私に女だからという理由で仕事を差別したことは一度もなかった。私の実力を認めて誰よりも応援してくれた先輩が、男だからというだけで家業を守ろうとしているなんて。彼は男という自分にがんじがらめになっている、自分でも知らないうちに。彼の呪縛を解く方法が私には分からなかった。

母の言うことは正しかった。老舗の旅館に嫁ぐということは簡単ではなかったのだ。自分を殺して彼と旅館に尽くすなんてことは、若い私にとって考えようもない。私の前には遣り甲斐のある仕事と、女性社員の範となるキャリアが広がっていたのだから。だんだんと私たちには距離ができ、彼が望んでいた本店に私が先に転勤が決まったことをきっかけに、別れた。それから一年後、彼のお父様が急死をして、彼が跡を継ぐ為に銀行を辞めたと人伝てに聞いたとき、数人をまとめるチームのリーダーだった私の頭の中には、仕事のことしかなかった。

スマホに保存した先輩の記事を消去しようか迷ったあげく、やっぱりできず、そのまま私はスマホを閉じた。

今の生活に不満がある訳ではないけれど、選ばなかったもうひとつの人生をどうしても考えてしまう。人生の伴侶がいたら。頼りになる息子がいたら。一緒にショッピングする娘がいたら。自分の城と言える仕事があったら。私は大企業のひとつの駒でしかなかったのに、若い頃はどうして女将の仕事の魅力が分からなかったのだろう。先輩の隣で優しく微笑んでいる奥さんの白い和服姿が眩しかった。帯に添えた手にはエメラルドグリーンの指輪が光っている。黒と灰色の服ばかりで、宝石にも無縁の私。染物屋を畳むとき母が幾つかの反物を取っておいて、成人したときに仕立ててくれた着物は着る機会も場所もなく、そのまま仕舞われているだけだった。

「でもまあ、とりあえず彼が幸せそうで良かったわ、ねえソナタ」

私がそう独り言を言うと、ソナタが私を見て何を言っているんですか、と言うように首を傾げた。


次に涼とご飯を食べたとき、涼は薄化粧をし、手芸サークルで染めたというバティックの布をロングスカートに仕立てて穿いていた。細くて背の高い涼がカラフルな布を身に着けると、外国人のようで人目を引いた。

「少し前まで田舎者丸出しの冴えない青年だったのにねえ。どんどんキレイになって、今では最先端の都会人ね」

私は遠慮なく、そう言った。

「ふふ、ちょっと勇気を持てば自分を変えられるもの。ほら、これを見て」

涼が両手を差し出すと、キレイに伸ばされた爪が白く光り、薬指には花の絵が描かれていた。

「ネイルアートをしてもらったの。ね、いいと思いませんか」

「あら、素敵ね。でも」

思ったことがつい口に出た。

「そんなに派手にして大丈夫？　あんまり目立つことはしない方がいいんじゃないかしら」

「絵里さん、酷い。こんなの、全然派手じゃないですよ。女の子にとっては普通のことでしょ。絵里さんは結局、何も分かってくれていないんですね」

「そんなことはないわ。涼は女の子だと思っているわよ。でも心配なの。世の中は私みたいな人ばかりではないもの。目立てば傷つく機会も増えると思うの」

「傷つくことなんて」

涼は自分の爪をじっと見ながら言った。

「小さい頃からずっと、でした。どうせ傷つくのなら、なりたい自分になろうと決めたんです。私は女の子の真似をしているんじゃない、本当の女の子なのだから」

そうだよね。涼の気持ちを思うと、私はそれ以上、何も言えなかった。

「それよりも」

なんとなく気まずい雰囲気になりかけたのを察知して、涼は笑顔をつくった。

「絵里さんも、なりたい自分になる為にピアノを始めるのではなかったですか。どうなりました？」

「そうね、ピアノが弾けたらいいなって思うけれど、こんなおばさんになってから習ってもピアニストになれる訳じゃなし。なんの役にも立たないかなって思うと二の足を踏んじゃうのよね」

「だからキャリアのある人はダメなんですよ。どうして何かの役に立たなくちゃいけないの？　自分の為に弾けたら、それだけでいいじゃないですか」

それはそうだ。つい成果だとか効率だとかを考えてしまう。自分の為だけでいい、なんて今までの私の思考回路にはなかった。そんな私の心を見透かすように、涼は続けた。

「利益だけを考えていたら、私は無駄な存在ですからね。かわいくなれないでしょ。細い器用な指じゃないでしょ。子供も産めないし。絵里さんの言う通り、本当は女の子になるより自分を偽って男の子のままでいる方が安全なのかもしれない。それでもそれは自分に嘘をつくことだから、マイナスを引き受けても自分でいるんです。本当の私になれって言ったのは絵里さんじゃないですか」

「そうね、涼の言う通りだわ。自分らしくいなさいって言ったのは私よね。ピアノ、挑戦してみようかな」

「そうですよ。やりたいことをやった方がいいですよ、絶対。人生なんてあっという間だから」

「まあ、私より年寄りみたいなことを言うのね」

私は笑ったが、涼がなんだか大きく見えた。

行動力のあるところが、私の良さだと思う。次の日、銀行で音大出の行員に相談して中古のピアノを買うことにした。中古といえどもピアノは高価で迷ったけれど、先輩の奥さんのエメラルドグリーンの指輪が一瞬、頭を掠めた。今まで贅沢してこなかったのだから、これくらいはいいよね。

レッスンは銀行の掲示板に貼ってあった個人のお教室に決めた。そのお教室は母娘で教えていて、お嬢さま先生が子供、ママ先生が大人を担当していた。元ピアニストというママ先生は私より少し年上なのに、茶色い長い髪の先をくるんと巻き身体の線が出るワンピースを見事に着こなして、どう見てもお嬢さまと姉妹にしか見えなかった。

「ピアノを習うのは全くの初めてで、楽譜も学校の授業で習ったくらいしか読めないのですが」

私がそう言うと、先生は、

「それで十分ですよ。今はお歳を召してから始められる方も多いので、簡単に弾けるようにアレンジした楽譜も出ているから大丈夫。楽しくお稽古しましょうね」

と、優しく仰ってくださったので、心からほっとした。

頑張るのは私の得意分野だ。最初は指の練習ばかりで、すぐに「エリーゼのために」を弾けるようになると思っていた私はがっかりしたけれど、銀行から帰ってから毎日きっちり二時間、退屈な指運びの練習をこなした。お散歩の時間が減ったソナタはそれが不満らしく、ピアノを弾き始めるとウーウー吠えて怒るので困っていたら、私が練習している間に涼がソナタを散歩に連れ出してくれるというので、ありがたくお願いすることにした。

母には話すか迷った末にピアノを習い始めたと伝えると、しばらく黙った後に、

「まあ歳を取ったときに趣味があるのは大切だから、いいんじゃない」

と素っ気なく言った。私はそれを聞いて拍子抜けしてしまった。子供の頃、ピアノを習いたいと言っても頑なに許してくれなかった母。あれはどうしてだったのだろう。私は月日が過ぎると簡単な曲が弾けるようになってピアノが楽しくなり、そんな疑問もいつしか忘れていた。

ある日の夕方、銀行を出た途端にスマホの着信音が鳴ったので慌てて出ると、涼からだった。

「絵里さんどうしよう」

涼の声は焦っていた。

「田舎の母が明日、こっちに来ると言うんです。私のこと、聞いたみたいなんです」

とにかくすぐに帰るからと言うと、では公園のところで待っています、と言って電話は切れた。

早足で駅からの大通りを歩いて法律事務所の角を曲がると、涼は公園の入り口で私が歩いてくる路地を見つめていた。滑り台の陰から白い太った猫が出てきて、ゆっくりと路地の先にある飲食店の方角に歩いていったのを横目で見ながら私は涼に近付くと、一緒に公園のベンチに腰かけた。

「お母さま、随分急にいらっしゃることになったのね」

「この間、手芸サークルの仲間とテーマパークに行ったとき、幼馴染みに偶然会ったんです。二言三言、言葉を交わしただけですけれど私を見て驚いたらしく、おまえ随分と変わったなあと言われたの。まさかと思っていましたが、彼が母に何か言ったんですよ、きっと」

「困ったわね。でもいつまでも親に隠しておく訳にもいかないでしょう。これを機にきちんと自分の状況を話して理解してもらった方がいいわ。きっと分かってくださるわよ」

そう励ましても涼は俯いたままで、顔を上げなかった。

「どうしよう。かあさんは絵里さんとは違うんですよ。田舎の人だもの。古い固定観念に縛られているから、私の気持ちなんて分かってくれる筈がない」

「元気を出して。私も一緒に言ってあげるから、ね」

今にも泣きそうな涼がかわいそうになって、つい私はそう言ってしまった。

「本当ですか？　絵里さんが一緒にいてくれたら助かります。お願いします」

急に安心したような顔になって両手を合わせる姿を見て、つくづく自分はお節介おばさんだなあと思ったけれど、涼の為になるなら頑張らなくちゃ、とまだ会ったこともないおかあさんと対決するような気持ちになったのが不思議だった。

次の日は銀行のパートも休みで、私は朝から部屋の掃除をした。夕方インターホンが鳴ってドアを開けると、涼にそっくりな背が高くほっそりしたおかあさんと、その後ろに子供のように隠れている涼が立っていた。

「大家さんのことは息子からよく聞いとります。いつもお世話になっているそうで、ありがとうございます。これ、つまらないものですが」

おかあさんが差し出した包みには、涼が越してきたときと同じ温泉饅頭の名前が書かれていた。

「あと、これは失礼かとも思ったのですが」

さらにおかあさんは涼が抱えていた紙袋を受け取ると、おずおずと私の前に置いた。

「うちの畑で採れた野菜ですけえ、お口に合うか分かりませんが、召し上がってくださいまし」

紙袋を覗くと、ツヤツヤのナスやCの字に曲がったキュウリ、真っ赤なトマトがいっぱい入っている。

「まあ、おうちで採れたなんて凄い。新鮮で美味しいでしょうね。何よりの物ですわ。ありがたく頂きますね」

私がそう言うと、おかあさんは、

「小まいんじゃけど、農薬使うてないけん」

と、ほっとした顔になった。ふたりをリビングに招き入れ、キッチンで紅茶の缶を開け

ていると、

「素敵な部屋やねえ。まるでお姫様が住んでいるみたいやないの」

おかあさんが感心したように呟いたのが聞こえたので、私はちょっと恥ずかしかった。花の香りの紅茶とショートケーキでお茶にすると、ふたりは仲の良い親子のように大学のことや地元の噂話など他愛もないことをお喋りし、私は涼がおかあさんと一緒に自然な笑顔を見せるのを嬉しく眺めていた。

私の思い出の中には、母の笑顔はあまりない。厳格でいつも不機嫌な母。母の笑った顔を見たのはいつが最後かな。病気だから仕方ないけれど、暗く険しい母の表情しか思い浮かべられない自分が情けなかった。

ケーキを食べ終わると、涼がかしこまって両手を膝に置き、ふうっと息を吐いた。今日の涼はジーパンに白いTシャツという無難な装いをしている。Tシャツの胸には自分で刺繍したらしい小さいひまわりの花がワンポイントになっていて、私は微笑ましく思った。

「かあさんがわざわざ出てきた理由は分かっとるけん。真也に何か言われたんやろ。これからちゃんと説明するから聞いて」

「おまえ、なに言うてるの。部屋に戻って話しするで」

「絵里さんは全部分かってくれとる。一緒にいて欲しいとお願いしたんだ」

私が頷くと、おかあさんは真剣な顔になって息子を見つめた。

涼は一気に話した。子供の頃から感じていた違和感、辛い思い、大学に入ってそれが抑えられなくなったこと、本当の自分でありたいこと、それを理解してくれる仲間がいることを。おかあさんは涼が話し終わるまで一言も喋らず、身動きひとつせずに聞いていた。涼の言葉をひとつも漏らさず受け止めるように。

涼は話し終わると、もう一度ふうっと溜息を吐いて俯いた。膝の上に置いた両手が小刻みに震えている。しばらく部屋の中は静まり返り、それに耐えきれなくなったように涼が顔を上げた。

「じゃけえ……かあさん、ごめん」

一筋、涙が落ちて頬を伝った。

「なんで謝るん。謝ることなんて何もないやないの」

「だってかあさん、怒るけん」

「怒ったりせんよ。かあさんの方こそ気付いてあげられなくて、ごめん」

おかあさんは涼をじっと見つめたまま言うと、視線を私に移した。

「ありがとうございます。涼を支えてくださって」

「いいえ、私は何も。サークルのお友達が、涼さんの良き理解者になっているのだと思います」

「いい大家さんとお友達に恵まれて、涼は幸せ者です。涼、何も心配せんでええから。父さんにはかあさんから上手く言っておくけん」

「本当にかあさん、怒らないの？　その為に来たんだと思っていた」

「かあさんはね、おまえが勉強もせんと、変な恰好をして遊びまくっているんじゃないかとそれが心配だったんじゃ。都会《まち》の誘惑に負けて、なんの為に大学に行っているのか忘れているようでは困るじゃろ。でも勉強をよおしとるなら、それでいい。その他のことは、おまえももうすぐ大人の仲間入りをするのだから、自分で考えればええよ」

「うん、勉強はちゃんとやっとるよ。自分が人よりマイナスに見られるのはよく分かっとるからその分、人並み以上の成績を取らないといけんと思っとる」

その言葉を聞くと、おかあさんはほっとした顔になった。

「それが分かっているなら、安心したわ。あとはかあさんに何ができるか考えてみるから」

そう言うとおかあさんは、お世話になりましたごちそうさま、と席を立った。何か言ってあげたかったが親子のことに口を出すのも差し出がましいようで、私はそのままふたりを玄関まで見送った。涼はエアコンを付けなくちゃ、と先に走っていってしまい、玄関におかあさんと私のふたりが残された。

「涼が私の子で良かった」

おかあさんが靴ベラをパンプスに入れながらぽつんと呟いたので、私は思わず声を掛けた。

「お母さま」

「そうでしょう？　今、やっと霧が晴れた気持ちです。小さい頃からあの子は他の子と違っていました。男の子なのにピンクの物ばかり欲しがってね、手袋も筆箱も。どうしてか、私には理解できないことが多くて」

「そうだったのですね」

「あの子のような子を毛嫌いしている人が世の中にいることは、私も知っとります。涼の父親もそのひとりかもしれんけん。でもね、大家さん。あの子の話を聞いて、一番苦しんどったのはあの子なのだと気が付きました。あの子は自分で選んでそう生まれた訳ではないけん。それが運命だとしたら、私はとことん支えたいと思います。私にはそれができます。それが母親というものや。だから、あの子が私の子供で良かったんです」

おかあさんはそう言うと、深く頭を下げて、玄関を出ていった。


そんなことがあった日からしばらくして、かあさんが送ってきたと、涼がまた野菜をいっぱい持ってきてくれ、ジェンダーに関する新聞記事を見つけて同封してくれたと嬉しそうに話した。それからどんどん行動的になり、明るくなっていった涼の姿を見て、私は自分がなれなかった母というものの偉大さを感じていた。

私はというと、ピアノの練習にのめり込んで弾ける曲が増え、毎日が充実してきた。そのせいか少し優しくなれたみたいで、銀行で困った事案を見聞きしても以前ほど心が騒がなくなった。新人の佐伯さんは窓口の仕事に慣れて手際がよくなり、私も安心して見ていられた。もう私は窓口の監視役は卒業してロビーおばさんに専念しよう。そう思った矢先に、事件は起きた。老婦人とお嫁さんというふたり連れのお客様に、佐伯さんがお嫁さんを詐欺の犯人扱いしてしまったのだ。

「そんな大金を何に使われるのでしょうか」

佐伯さんが預金を引き出そうとしたお嫁さんを睨みながら言うので、お嫁さんが、

「義母が自分のお金を下ろすのに、なんで使い道まで言わなきゃならないの。あなた、私を疑っているの？」

と怒りだし、老婦人が間に入ってオロオロしていたので、私は慌てて駆け付けた。

「申し訳ございません。お客様がご自身の預金を下ろされるのはご自由でございます」

「でも、詐欺を確認するのがマニュアルですよね」

ふたりの前で佐伯さんが声高にそう言ったので、私は心の中で、あーあと呟いた。

「大金でございますので、準備に多少お時間がかかります。ここは騒がしいので、どうぞ奥のソファでお待ちくださいませ」

私はふたりを応接セットにお連れして、そこで手続きの書類を記入してもらった。

「通り一遍のことですが、ご本人確認をさせていただきますね。怖い世の中になりましたものね。先日もうちの他の支店ですが、詐欺の未遂事件があったのですよ」

「まあ、そうなの」

老婦人が興味津々というように聞いてきた。

「はい、特殊詐欺事件の被害額は半年で百億円以上にもなるそうです。その為、当行では

お客様のように全く問題のないケースでも安心安全の為に、全ての方にお声掛けさせていただいております。不愉快な思いをさせてしまい、大変申し訳ございません」

「いいえ、確認は大切なことですよ」

老婦人が言うと、お嫁さんも、

「義母が老人ホームに入ることになって、それでお金が必要なんです」

と穏やかに言ってくれた。

「まあ、そうですか。それは安心なさいますね。新しい生活がどうぞ快適でありますように」

「そうなんです。ずっとひとり暮らしの義母が心配でしたから。ありがとうございます」

老婦人とお嫁さんは目を合わせて微笑むと、お金を風呂敷包みに包んでバッグに仕舞い、そのバッグを大切そうに胸に抱えて帰っていった。ふたりをタクシーまで見送る途中に佐伯さんを見る。ブスっとしていてありがとうございます、の一言もなかったが、私は何も言わなかった。自分の仕事はきちんとこなした。それでいいのだ。もう私は本店の銀行員などではなくパートのおばさんなのだから、自分のやるべきことだけをしよう。そう自分に言い聞かせると、なんだかスッキリした。

桜並木を歩いていくと、歩道の端に枯葉が積もっていて、見上げた枝と枝の隙間から葉が茂っていた頃には見えなかった空が見えた。もうこんなに秋が進んでいたなんて。銀行とピアノのお稽古と母のホームと、私は相変わらずこの三角地帯を行ったり来たりしているだけ。狭い生活圏なのだからもっと丁寧に日々を生きよう。そう思いながら路地に入り公園を過ぎて歩いていくと、マンションの入り口から背の高い人が出てくるのが見えた。黒いレースのミニワンピースを着て、安っぽいふわふわのフェイクファーを首に巻き、足元は真っ赤なピンヒールの靴を履いている。誰、あの派手な人。そう思いながら近付くと、それは涼だった。

「どうしたの、その恰好」

「あ、絵里さん。これから手芸サークルのハロウィンパーティーなの。思い切ってドレスアップしてみましたー」

頬の真ん中に紅を差し、ハイヒールと同じ色の口紅を付けた涼が、ワンピースの裾を持ち片足を曲げて、お姫様のようにポーズをとった。

「……どうしてそんな服を着ているの」

「え?」

「その口紅も派手な服も、まるでキャバクラの女の子みたい」

自分の尖った口調に驚いた。

「キャバクラがどうのこうのとは言わないけれど、涼が今、着ているのは男の人に媚びを売る服よ。それがあなたの望む女の子の姿なの？」

涼がステレオタイプの女の子の姿をして喜んでいるのに、怒りが湧いていた。

「背の高いあなたがそんな靴を履いたって全然似合わない。いつものロングスカートやパンツにスニーカーを合わせた方がずっとかわいい。どうして自分の良さを消すようなことをするの。女の子になるって女の服を着ることなの？」

私の言葉を聞くと、涼は石段に座り込み、赤いハイヒールを脱いで投げ捨てた。

「絵里さん酷い！　なんでかわいい服を着たらいけないの？」

人目もはばからず、子供のようにわんわんと泣き始めた。

「私は女の子です。だから女の子に見られたい。女の子はどんな服を着てもただ立っているだけで女の子だけれど、私が女の子に見られるにはかわいい服を着るしかないの」

「そんなことはないわ。女っぽい服を着たからって女になれる訳じゃないでしょう。あなたの体形や体力、力の強さは女の子にはないものよ」

残酷なことを言っていると胸が痛んだが、黙っていられなかった。だって形だけの女の子なんて意味がないから。

「自分は子供を産めないって言ったのもあなただよね。それは変えられない。それが涼でしょ。涼らしく生きるんでしょ。どうして全部ひっくるめたありのままの自分を愛してあげないの」

「どうせ私は完璧な女にも男にもなれませんよー」

涼は手で顔を覆って泣いたまま動かなかった。私は隣に腰かけてハンカチを渡すと、そのハンカチで涙を拭いて、涼は真四角に畳んだ。

「なぜ世の中は男と女に分かれているのだろう。どうして私はこんな風に生まれたのだろう」

「それは神さまの領域だから」

私はゆっくりと視線を上に向けた。

「どんな人間に生まれてくるかなんて、誰にも分からない。私ね、赤ちゃんはまっさらな白色で生まれてくるのではないと思うの。神さまがその子の色を決めるのよ。そしてその色は誰ひとり同じ色ではないの。男と女だってそう。その間には無限のグラデーションがきっとある筈。でもね」

　薔薇のアーチの枯れ枝に鳥が一羽留まって、私たちを見下ろしながらピーピー鳴いていた。

「神さまが涼という人間をこの世に送り出したのなら、それはあなたがこの世に必要だってことじゃないかしら。神さまは、あなたをあなたらしい色に染めたの。だから、生まれたままの色でいることに躊躇わなくていいのよ。涼は無理に女の子らしい女の子にならなくてもいい。涼という女の子でいれば、それでいいと思うの」

「私という女の子？」

「そう、お洒落に無縁な私のような地味女だっているのよ。女の子が全て、涼が思っているようにかわいいを重視している訳ではないわ。あなたは女の子の姿を決めつけて囚われている。だから自由になりなさい。あなたの色でいてください」

　涼はもう何も言わなかった。無言のまま泣いている涼を見ていると、私まで涙が出てきた。石段に座ったまま私は涼の左手に右手を重ね、ふたりで泣いた。鳥が枝から飛び立つと、囀りながら私たちの上を旋回してそのまま空の先に飛んでいった。

「パーティーがあるんでしょ。行かないと遅れちゃうわよ」

私はバッグからコンパクトを取り出すと、涙の痕を消すように、涼の頬にパフを重ねた。

「うん。絵里さん、私、着替えてこないと」

「今日はこのままで行っておいで。せっかくお洒落したのだもの。ごめんね、似合わないなんて言って」

「ううん、絵里さんの言う通りだから。似合っていないのは最初から分かっていました。着替えます。自分で刺繍をしたシャツを着ていこうかな。その方がみんなも喜ぶし」

涼は無理に笑顔をつくると、赤いハイヒールを拾い、裸足のままゆっくりと石段をマンションに向かって登っていった。私は涙で霞んだ目で、鳥が飛んでいった空を見ていた。都会の青空の色はペンキの青のようにのっぺりしていて、私の心を締め付ける。いつか山で見た青空はアイスブルーから紺碧まで、歩くごと、時間が過ぎるごとに様々な色を見せていたのに。

「あ」

立ち上がろうとしたとき、私は声を上げた。秋だというのに薔薇の枯れ枝に黄色い花が一輪、季節外れに咲いている。よく見ると、枯れ枝だと思っていた枝に沢山の固い蕾が付いていた。

「咲く……かしら。このアーチいっぱいに、今年二回目の薔薇の花」

私は独り言を言いながら、マンションのオートキーを解除した。

部屋に戻ると、私は洗面所に走った。鏡を見たら赤い顔にマスカラが溶けてパンダ目になっている。いつも真っ先にまとわりつくソナタが、私の顔を見てリビングに後ずさりしていった。私は顔を洗ってさっぱりすると、ソファに身を沈めて目を閉じた。

涼に酷いことを言ったかもしれない。先輩と別れた、あのときみたいに。

私は涼に自由になりなさい、と言った。あの日も私は先輩を自由にさせたかったのだ。

それが彼の為だと信じて。


「あなたはかわいそう」

私は先輩にそう言った。

「かわいそうよ。生まれたときから人生を決められていて。家族に縛られていて。あなたにだって自由に生きる権利はあるのに」

「僕はそう思わない」

いつも優しい目をしている先輩は、そのとき初めて私を睨みつけた。

「決められた人生、守るべき家族があるから幸せなこともある」

「そんなのおかしいわ。決められた人生が幸せなんて」

「もし僕が全くの自由だったら、登山家になろうか、銀行に一生勤めようか、ずっと悩み続けるだろう。でも僕は旅館の跡取りという使命を、この手に掴んで生まれてきたんだ。最初からやるべきことがあるのは幸せだよ。僕は掌の宝を一生守りたいと思っている」

「それが縛られているということよ。掌を開けば、あなたは自由になれるのに」

「自由自由って、自由に生きて行動して、それで絵里の掌には何が残るの？」

私は答えられなかった。自由こそが一番大切なものだと思っていたのに、彼の言葉は私の価値観をグラグラと揺さぶった。

「ごめん。旅館は僕の土台なんだ。旅館を支える家族になれないのなら、結婚は考えられない」

彼はそう言って、去っていった。

「ああ、嫌になっちゃう。私は誰かを傷つけてばかり」

そう声に出して言うと、本当に自分がダメ人間に思えて落ち込んだ。ソナタがソファの下でクゥーンと悲しそうな声を出したので、私は抱き上げると、仰向けのお腹に乗せた。

結局、今の私の掌にあるのはこの部屋とソナタだけ。でも、それで十分。私は少なくとも自分のことは自分で自由に決めてきた。この自由と引き換えに彼と旅館の女将という地位を得ていたら、私は今の私を見てどう思うのだろう。ひとりぼっちでみじめだと思うだろうか。それとも気楽で羨ましいと言うだろうか。自分では選ばなかったもうひとつの人生に思いを馳せながら、いつの間にか私は眠りに落ちていった。


「え？　発表会ですか」

レッスンを終えて楽譜をバッグに入れていると、ママ先生が「お知らせ」と書いた紙を差し出した。

「そうよ、発表会というほど大袈裟なものではないけれど、毎年クリスマスにね、お稽古の成果をご家族やお友達に披露する会を設けているの」

先生から渡された紙には、曲目と生徒の名前がずらっと並んでいた。

「私も出るのですか？」

「もちろん」

先生は顔を上げると、当たり前でしょというように微笑んだ。どうしよう。ピアノを始めるとき、発表会があるなんて考えもしなかった。ただ自分が弾けるようになればそれでいいと思っていたのに、人様の前で弾くことになろうとは。

「でも先生、私はまだ始めたばかりですし、たいした曲も弾けないのに」

「絵里さんは本当に頑張っていらっしゃるわ。半年でこんなに成長した生徒さんは初めてよ。発表会はね、他人に見ていただくだけではなくご自分の為でもあるのよ。みんなの前でピアノを弾くということは、絵里さんにとってかけがえのない経験になると思うの」

先生は新しい楽譜を持ってきて、私の前に置いた。まだ習っていない記号や素早く指を動かさなくてはならない音符が並んでいて、これを短期間にマスターしなければならないのかと思うと、ぞっとしてきた。

「先生、会場はどちらですか」

「ああ、毎年お友達の旅館のシアタールームをお借りしているのよ。少人数ですからね、公民館のようなところではなくて、アットホームなサロン風にしたいと思っているの。絵里さんのお母さま、車椅子って仰っていたわよね。そういう方も出席しやすいと思うわ。ぜひお誘いしてくださいね。ほら、ここに旅館の名前と住所を書いておいたわ」

先生がお知らせの紙の最後を指差すと、私は衝撃で立ち尽くした。そこには先輩の旅館の名前が記されていた。

「若女将が大学の同級生の妹さんなの。あなたと同じくらいの年頃かしら。素敵な方だから、絵里さんもお友達になれると思うわ」

私はひきつった笑顔を作りながら、頂いた楽譜を握りしめた。

「分かりました。必死に練習します」

「あら、必死にならなくていいのよ。ピアノはね、正確に弾くのも大切だけれど、それだけならロボットに任せておけばいいの。あなたらしい音を出す方がもっと大事よ。それには楽しんで弾くこと、ね」

今日も先生は胸元を強調したモヘアのセーターを着ていて、私より若々しい。パープルのアイシャドーも大ぶりのピアスも、私には縁のないものだ。先生と先生の同級生というお友達と、その妹さんの若女将。私とは違う華やかな世界に住む人たちの中に、秘密を抱えた私が足を踏み入れて良いものか、それとも口実を設けて発表会を辞退するか思案していると、先生が私の前にアルバムを置いた。

「絵里さん、先生、ちょっと見て」

アルバムを開くと過去の発表会の集合写真が何枚も貼ってある。みんな精いっぱいのお洒落をして、大人はドレス、子供たちはワンピースを着ていた。

「せっかくの機会だから、みなさんにピアニストの気分を味わっていただきたいの。ご希望の方には、私のピアニスト時代のドレスを着ていただいているのよ。絵里さんもぜひドレスを着てね」

深紅のスレンダーなドレスを着た人、チュールを重ねたドレスやスパンコールを散りばめたドレスを着ている人もいる。どれも美しく豪華で、私は目を見張った。まるで幼いあの日、友達のお家でお人形の掌サイズのクローゼットを開けたときのように。

「そうねえ、絵里さんにはこんなドレスがお似合いじゃないかしら」

先生はターコイズブルーの背中が大きく開いたドレスを着たご自身の写真を指差した。

胸元に金糸で花の刺繍が施されていて、深みのあるブルーの色と相まってエキゾチックな雰囲気を醸し出している。そう、幼い私がお人形に着せたかったのは、まさにこんなドレス。こんな可憐なドレスをお人形に着せて、舞踏会に行かせたかったのだ。

「先生、私は初心者だから、ドレスは分不相応です。もっと上達してからドレスを拝借します」

私はそう言うと、頭を下げて小走りに先生の家を後にした。

駅に向かって走りながら、なぜだか涙が出てきた。キレイな服に小さい頃からずっと憧れていた。生活に無意味な美しいモノなど価値がない、と言う母の下でそれは夢でしかなかったけれど。私は美しいドレスを着た自分を想像することができなかった。

着てはいけない、あなたは。心の声が私にそう囁いた。あなたに似合うのは黒いスーツでしょう。あなたは地味おばさんだもの。勉強だけをしていればいいの。男に負けずに仕事をなさい。美しさなんて無駄なだけ。母の声が私を縛り続けた。そう、私は自分で自分の夢を閉じていた。一番、自分に囚われていたのは私自身だったのだ。涼や先輩に「自由になれ」なんて言う資格は私にはなく、その言葉は自分に言わなければいけなかったのかもしれない。私は自分の部屋に戻ると、リビングを歩き回った。

「このピンクのソファもフリルのクッションも薔薇のカップも、ぜーんぶ大好き。私だって私だって、この部屋に相応しい女性になりたい」

大声でそう言うと、毛足の長い真っ白なラグの上に座り込んだ。耳にリボンを付けたソナタが寄ってきて、私の隣に伏せて心配そうに尻尾を振っている。

「ごめんね、ソナタ」

そっと撫でていると、玄関で物音がしてソナタは一目散に走っていった。ドアに向かって激しく吠えるので開けると、涼が立っていた。

「あら、涼どうしたの」

「どうしたの、はこっち。インターホンを押しても応答ないし。ソナタちゃんのお散歩の時間だからお迎えに来たんですよ」

「あ、今日はお願いしている日だったかしら」

「ピアノのお稽古の日でしょ。その日は復習するから、私がお散歩に連れていくことになっていたじゃない。あれ、何かありました？　ソナタちゃん、怖い顔をしているけれど」

「うん、ちょっとね。涼は私よりソナタのことが分かっているのね」

「親友だもの。ねえ、ソナタちゃん」

涼がそう言いながらソナタを抱き上げると、その言葉を理解したように、ソナタは涼の首筋をペロペロと舐めた。

あれからザ・女服を着た涼の姿は見たことがなかった。カラフルな柄やパステルカラーのニットやシャツを着て、それが明るい涼の雰囲気によく似合っていた。

「この間はごめんなさいね。私、あなたを傷つけたわ」

「どうしたんですか、今さら」

涼はソナタの舌から逃れようと首を逸らしながら、笑った。

「傷ついていたら、今ここにはいませんよ。誰も本当のことを言ってくれないから」

そう言って真剣な顔になった。

「セクハラとかジェンダー意識が低いとか、みんなそう言われることを恐れて、口を噤《つぐ》むんです。それこそが差別なのに。だから似合わないって言ってもらえて良かった。あのままパーティーに行っていたら、沢山の友達が心の中で引いていたかもしれないもの」

「でも本当はあの服を着たかったのよね」

「まあね。かわいい服は大好きだし、かわいいは女の子の勲章だと思っていたから。でも、絵里さんが言った通り女性の姿を決めつけていたのは自分自身で、それが自分を縛っていたんですよね。だから、今はちょっと迷っているの。キレイになりたい気持ちと、外見に囚われる無意味さと」

「それは涼でなくても、女の子なら一度はそう思うのではないかしら。私だって仕事ばかりだったから、美魔女のような美しい同世代を見掛けると羨ましくて自分がみじめに思えるときがあるわ」

「え？　絵里さんはそういう人、嫌いなのかと思っていた」

「そんなことはないわ。それだけ若くキレイでいようとするエネルギーって凄いと思っているわよ。私には真似できないけれど」

「ほら、やっぱり嫌いなんだ」

「そんなことない」

私はそう言いながら、確かに自分は外見や上辺を重視してこなかったのだなあと思う。

「私は今、メンズの服にちょっと手を足しているの。アップリケをしたりビーズを付けたりして。手芸サークルに入って本当に良かった」

「最近の涼の服、素敵だなって思っていたのよ。自分で工夫しているなんて偉いわ。私はね、ピアノの発表会に先生からドレスを勧められたけれど、似合いっこないしお断りしちゃった」

「えー、どうしてドレスが似合わないなんて言うの？　絵里さんなら絶対、素敵に着こなせるのに」

びっくりしたように大声を出したので、こちらの方が驚いてしまった。

「だって……私よ？　さっきも言ったでしょ。美魔女のような人ならともかく、私がドレスを着るなんて」

「絵里さんは自分の魅力に気が付いていないだけですよ。では私から言います。絵里さんも本当の自分になってください」

涼はそう言うと、あははと大きく笑ってソナタを抱いたまま外に出ていった。


それからしばらくして、私は涼を東京タワーの展望台に誘った。発表会のことで心が波立ってしまったので、久しぶりに生まれ育った東京の街を見たくなったのと、涼にこの大都会の風景を見せたいと思ったのだ。

約束の時間より早く着いたので、チケットを買って先にエレベーターで展望台に向かった。コンクリートばかりの都会を地平から見ていると分からなかったが、東京タワーから見える景色は意外と公園が多くて、東京にはこんなに緑があったのだとほっとする。そういえば先輩と付き合い始めた頃、一緒に階段をここまで登ったことがあった。

あの頃から彼と私の心は、既に違う方向を向いていたのかもしれない。何百段もの階段を登る間、先輩は私の手を決して離さなかった。息が切れてもうダメと思う度に、汗ばんだ手を強く握りしめ、険しい山に慣れている彼は笑顔でこう言った。

「もう少し。もう少しで別の世界が現れるから」

彼の言う通り、暗い階段を抜けたとき、眼下に東京の街が広がって私は目を見張った。

「凄い、海まで見えるわ。遠くに山も。東京全部が見えるのね。ほら、あそこ」

私はビルの谷間にある、緑に囲まれた小さな屋根を指差した。

「あなたの旅館じゃないかしら。下ではあんなに広いのに、こんなに小さく見えて」

「本当だ」

彼は、驚いたように窓の下を覗き込んだ。

「あんな小さなものに人生をかけているなんて、なんか滑稽に思えるなあ」

「あなたは子供の頃から旅館の跡取りになると決めていたのでしょう。自分の人生を疑ったことはないの？」

「うん。それは、ないよ」

きっぱりとそう言って、彼はガラス窓に背を向けた。

「高校生の頃は、確かに自分で進路を決めていく友達を見て羨ましく思ったこともある。

命を助ける仕事がしたいと医学部へ進んだ友達がいてね。彼を尊敬したし、推薦で付属の経済学部に決まっていた自分はこれで良いのかと悩んだよ。でも」

「でも？」

「洗脳、されていたのかもしれないなあ」

彼は私を見ずに、自分に言い聞かせるように言った。

「小さい頃から両親が旅館で働く姿を、見てきたからね。かあさんは美人女将としてマスコミに取り上げられて、子供ながらに自慢だったな。うちは老舗だから、有名人も足を運んでくれて、テレビでしか見られない人に会うのも普通だったし、会社の経営者が来ると僕だけ跡取りとしてお座敷に呼ばれるんだ。姉さんに内緒でお小遣いを貰ったりしてね。自分のことを特別だと思い込んでいたのかもしれない、自然にね。旅館の経営ができるのは、ほんの一握りの人間だということも知った。本当はあんなに小さい世界なのに」

「あなたは恵まれているのかしら。それとも籠の鳥なのかしら。私にはよく分からないわ」

「どっちでもいいよ。僕は決してエベレストには登れないけれど、他の殆どの人が登れない山の頂は目の前にある。それならそっちを登るのが当たり前だろう。いつか、そこからの風景を絵里にも見せたい」

彼は振り向くとそう言って、そっと私の肩を引き寄せた。私は眼下のビルの上に広がる、海の先まで広がる空を見つめた。あの先にあるエベレストにあなたなら登れるかもしれないと言いたかったけれど、言ってはいけない気がしてそのまま黙って彼に身を預けた。


「絵里さーん、遅れてごめんなさい」

エレベーターが開くと、沢山の人の中から私を目掛けて走ってくる姿があった。背の高い涼が長い手を上げると多くの人が振り向いたので、私は唇に人差し指を当てて合図を送った。

「ごめんなさい。こんなに高い建物、初めてでドキドキしちゃいました」

涼は通路の真ん中に立つと、青い顔をして私を見つめた。

「あら高い所、苦手だった？　東京を見渡して欲しいと思ったのだけれど」

「そうではないけれど、この灰色ばかりの光景がちょっと怖い。私の育った所には緑しかないから」

「そうよねえ」

東京に意外と公園が多いと言っても、田園風景と比べたら人の手で作られた建造物ばかりで、人間がこの巨大な人工都市を作り出したと思うと涼の恐怖が分かる気がした。涼は恐る恐る窓に近付くと口を押さえて真下を覗き込み、遠くの山脈に目を移してやっとほっとした顔になった。それからふたりでゆっくりと回廊を歩き、一周歩き終わる頃には涼も慣れてあちこちのビルを指差して私に質問した。

「あそこのビル群、新宿ですよね？　遠くは横浜？　あれはなんですか。面白い形のビル」

ひとつひとつ説明しながら、私にとって当たり前なことが、涼には当たり前ではないのだと気付かされる。せっかくの機会なので、私たちは東京タワー内のお店でお茶を飲みながら一休みすることにした。涼は運ばれてきたカフェラテを手で包み込むように持つと、香りを吸い込んでから口を付けた。

「こんな高い所でお茶をするのも初めてです」

「初めて尽くしの体験で良かったわ。私は高い所が大好き。知らなかった世界に出会えるもの。天空でお茶を頂けるなんて最高の贅沢よね」

頷く涼の髪が、サラリと揺れた。ボブもすっかり伸びて、顎下で自然な内巻きになっている。

「髪……艶があってキレイ」

「あ、これ？」

涼はカップを置くと、指先を髪に巻き付けた。

「サークルの女の子に教えてもらった美容院で、ストレートパーマをかけたの。それも初めての体験。毎朝ドライヤーで格闘していたのが、サラサラに真っすぐな髪になって、感動ものでしたよ。これが女の子の普通なんですよね」

若い頃はお客様に不快感を持たれないよう、髪は後ろでひとつに束ねるのが常だった。パーマをかけようとか明るい色に染めたいとか、そんなことを思う暇もなく仕事に忙殺され、気が付いたら私はおばさんになっていた。だから私は普通の女の子の日常を知らない。

涼になんて答えたらいいのか分からずにいると、涼が言った。

「絵里さん。私ね、やっぱりキレイになりたいんです。もし生まれたときから女の子として生活していたら、せっかく女の子に生まれたのだからお洒落しようって、そう思う気がするんです。女の子であることを楽しみたいって。それが性別に囚われていると言うのなら、そうなんでしょうけれど。絵里さん、そういうの、嫌ですか」

「嫌じゃないわよ。私もお洒落な美しい人に憧れるって前にも言ったでしょ。自分がそうなれないだけよ」

「私ね、ホルモン療法もする予定なんです。そうしたら声も高くなって肌もキレイになるんですよ。楽しみ」

「ホルモン療法？　それはどんなことをするの？」

涼が女性ホルモンを定期的に注射して身体の中から女性になっていくのだと話すのを聞いて、私の心にはまたおばさん根性が沸き上がった。ピアスの穴を開けるのさえ親に白い目で見られてしまう世代の私にとって、涼があまりに簡単に単純に自分の身体を変えようとしているのが恐ろしい。

「ねえ涼、反対ではないの。でもホルモン療法なんて、それは安全なのかしら。身体に良くなかったり副反応があったりはしないの？　ありのままの自分を受け入れて欲しいって、話したことあったわよね。本当にそこまでする必要があるのかしら」

「絵里さんは、整形や皺取りも否定しそうだなあ」

涼は少し考えた後、静かに言った。

「リスクはあるんですよ、きっと。でもその科学があるのなら、そうしたいんです。だって身体も女の子になることが、私にとって自然なことだから。生まれた色にほんの少し、絵の具を重ねたらいけませんか？」

「そんなことないけれど、私は涼がキレイになるより元気で長生きして欲しいわ。神さまは完璧な色であなたを送り出した筈だもの」

その言葉には答えず、涼は両手を広げた。

「ねえ絵里さん。私、背が高いし手足も細いし痩せているし、もし女性の身体だったらモデルにだってなれると思いませんか」

「涼はモデルさんになりたいの？」

「最初はそんなこと思ってもいませんでした。でも、なれるかもって思うと、なりたい自分に挑戦するのも悪くないのかなって。女の子が憧れるモデルに自分がなれたら、女の子として認められるような気がするんです」

「ありのままの自分となりたい自分の狭間で悩むのは、幸せなのかもしれないわね。夢があるってことだから。ただ、今の自分を嫌わないで欲しいわ。あなたの良さは今のままでも十分なのよ」

「私の良さ？　それって何でしょうね」

涼は改めて自分の毛先を顔の前に持っていくと、じっと見つめた。私は、私ならあなたの良さをスラスラ言えるわよ、と思いながら黙っていた。それは自分で見つけて欲しかったから。人は持っているものには気が付かず、ないものねだりをする生き物なのか。いつしか季節外れの夕立が窓を濡らしていたが、天空のお茶所は外の音も聞こえず暖かで、陽だまりのように心地が良かった。

その夜、母のホームから電話があって母のことで相談があると言う。食欲が落ちてあまりご飯を食べないので困っているということだった。お医者様に診てもらってもどこも悪いところはないらしい。

「清子さん、お寂しいのではないかしら。窓の外ばかりご覧になっていて、娘さんがいらっしゃるのを待っているのではないかと思うのです。こちらにいらしてからあまり人と交わろうとなさらないので、いつもひとりぼっちなのですよ」

そういえば、ピアノにかまけて最近、母のホームから足が遠のいていた。担当のスタッフさんが近いうちに一度来て欲しいと言うので、私はなるべく早く伺いますと言って電話を切った。

次の日曜日は秋晴れという言葉がぴったりだったので、私はデパートで母の好きなバッテラ寿司とミニブーケを買うと、母のホームに向かった。母の様子を聞くと、スタッフさんがもう少し食べましょうと促しても、天を指差してもうすぐあちらに行くのだからほっておいて、と言うらしい。私はどうしたものかと思いながら、母の部屋のドアを開けた。

カーテンを閉め切った薄暗い部屋でベッドに横たわり、テレビを見ていた母がゆっくりとこちらを向くと、意外そうに私を見た。

「おかあさん、カーテンも開けないで。今日はとってもいいお天気なのよ」

真っ先に窓辺に寄ってカーテンを開けると、眩しいほどの日差しが部屋いっぱいに注ぎ、母は目を細めた。

「ああ目が眩む。テレビを見ているんだから暗くていいのよ」

「ベッドに横になってテレビばかり見ていたら身体に良くないわ。お庭に行ってみましょうよ。ほらバッテラを買ってきたから、お庭で食べましょう」

「あら、バッテラ。珍しい」

一瞬、母の顔がほころんだので、すかさず身体を起こし車椅子に乗せると、肩にショールを掛けた。屋上にある庭園は風が冷たく、色付いた紅葉も葉が半分落ちて寂しげだったが、空気が澄んでいるせいで東京タワーがすぐ目の前に聳え立つように見えた。私はベンチに座り、膝の上でバッテラの包みを開けて母に渡すと、母はひとつ摘まんでゆっくりと味わうように食べ、残りを私に押しやった。

「もういいの？　せっかく買ってきたんだから沢山食べてよ」

「美味しいけれど食が細くなってね。もう歳だからね。いいんだよ、あとは絵里が食べなさい」

「スタッフさんが心配していたわよ。あまり食べないって。身体の為に無理をしても食べないと」

母は何も言わずに東京タワーをじっと見つめると、独り言を呟くようにポツリと言った。

「今度のお正月は帰れるかしら」

今年のお正月はマンションが完成し入居者が入り始めたところで、母を呼ぶことはできなかった。本当はそれを口実に、母にマンションを見せたくなかったのかもしれない。玩具のような真っ白なタイル張りも、お姫様スタイルの部屋も。

「おかあさんの部屋はいつ帰ってきても大丈夫になっているのよ。今度のお正月はマンションで一緒に過ごしましょう」

「そうね。一度あの土地がどんなになったか見ないとね」

「そうだわ、その前に外出の練習をしましょう。クリスマスにピアノの発表会があるの。車椅子でも大丈夫な会場だから、おかあさんも来てちょうだい」

「ピアノの発表会？　あんた、出るの？」

「ええ。先生にもぜひおかあさんを誘ってくださいと言われているの」

大きな溜息を吐いた母は、車椅子を回して柵に近付いていったので、私は慌てて後を追った。

「あんたは昔からそう。役に立たない華やかなものばかりが好きで。趣味でピアノを弾くのはいいと思ったけれど、そんな発表会なんて他人さまに大して上手くもないピアノを聞かせて何になるというの」

母は柵の向こうを見たまま言った。

「子供の頃から絵里はビー玉を拾ってきたりレストランのおまけの指輪を集めたり、ただキレイなだけのガラクタが好きだったわねえ。ソーセージさえ、赤い着色料の入ったのなんかを欲しがってさ。キレイな物が好きなのはおじいさん譲りだね。そういえば手伝いもしないでおじいさんと一緒に縁側に座って、仕上がってきた染物生地を広げて眺めていたわね。おじいさんは染物にかけては一流の目利きだったけれど、経営はからっきしで、結局は店を潰してしまったじゃないの。お父さんがサラリーマンだったから良かったものの、どれだけおかあさんがお店の金策で苦労したか」

子供の頃、家族でレストランに行くと、店員さんが沢山の玩具のアクセサリーをお盆に乗せて持ってきて「おひとつどうぞ」と私に選ばせてくれた。ただの玩具と分かっていても、ルビーのように赤く光った石やアメジストみたいな薄紫の指輪を前にすると、私はその美しさにウットリとした。そんなとき、母はいつも言った。「早く選びなさい。どれだって同じじゃないの」

そう、だからその頃から私は、母は私を理解しない人と知っていた。

「それは時代よ、おかあさん。着物が日常に着られなくなったのだから仕方ないわ。おじいさんのせいではないわよ」

「そうかもしれないけれど、キレイだなんだって言ったってお金にならないモノは結局、困ったときにはなんの役にも立たないのよ。だからおかあさんは絵里には、誰にも負けない学力だけはつけさせたかった。いい大学を出てしっかりとした職場に勤め、自立して生きていける女性になって欲しかった。お稽古事なんて余計なことはしないで、勉強に力を注いで欲しかったんだよ。子供は親の思う通りに育つものなのかねえ。おかあさんの願い通り、あんたは銀行で出世したけれど」

一息吐くと、急に声をひそめた。

「それで良かったのか」

母の言いたいことは分かっていた。母は私の仕事の成功と共に結婚も望んでいたのだ。夫と子供を持って、ささやかな日常の喜びを感じて欲しいと思っている。そして母自身、孫に囲まれた賑やかな老後を過ごしたかったのだ。

「おかあさん、良かったのよ。おかあさんの言う通り、私は自分の足で歩いていくことができるのだもの。今までも幸せだったし、今も十分幸せよ」

私は車椅子を押して、部屋に向かって歩き出した。母はショールを身体にぴったりと巻き付けて、時々後ろを振り返った。東京タワーの先端を見続けるように。

母が眠ったのを確かめてからホームを出ると、いつもとは反対の方向に向かって歩き、区立公園のベンチに座って母の残したバッテラを食べた。ランニングをする人が皆、秋の柔らかい日差しに目を細めていた。隣のベンチには夫婦らしきふたりが座り、その前で男の子がシャボン玉を飛ばしている。シャボンの玉が高く上がると、男の子は掴もうとして高くジャンプをした。少し先では幼稚園児くらいの姉妹が、銀杏の落ち葉をしゃがみ込んで選んでいた。バッテラを食べ終わると私はお行儀悪く足を広げ腕も伸ばして、そのままベンチの背もたれに身体を預けた。目を瞑るとキラキラとした木漏れ日が、私の内側に注がれていく。

私は自分の人生を自分で決めてきたつもりでいたけれど、母が言った通りの生き方をしてきた。もしかしたら私は母の願い通りに生きてきたのかもしれない。先輩が家族に洗脳されていたのと同じように。

子供の頃から母の期待に応えようと必死だった。子供は皆、親の色に自分の色を必死に近付けようとする。私と母は性格が反対だった、好みも感性も考え方も。それなのになぜだろう、嫌いな母に好かれたかった。母の望む良い子でいたかった。マンションを建てたとき、かわいい玩具みたいな外見に拘ったのは、きっと母の呪縛から逃れたかったから。結婚しなかったのも、仕事一筋だったのも、決めたのは私自身の筈なのに。

しばらく目を閉じたままでいると、なぜだか涙が流れてきた。いやだ私、こんな所で。急いで手の甲で頬を擦ると、私は立ち上がって歩き始めた。

公園を出て隣駅まで歩こうと赤信号の交差点で立ち止まっていると、角に水色のペンキで塗られているお店があった。

「かわいい……」

独り言を言いながら吸い込まれるように近付くと、店には看板もなく「オーダーメイドの服」と札が掛かっている。ショーウインドウを見て、私はハッとした。マネキンが着たワンピース。アイボリーがかった温かい白色のそのワンピースは、胸元と袖がシースルーになっていて、花嫁が着る衣装とはまた違う清楚さだった。生地は柔らかく、スカートのフレアーはたっぷりとして歩く度に波打ちそうだ。ウエストには凝ったレースが施され、ふわっとした七分袖のカフスとハイネックの襟にはビーズが光っていた。

なんてキレイなお洋服なの。

見惚れていると、いつの間にか年配の女性が隣に立ち私の顔を覗き込んだ。

「いいでしょう。イタリアの生地なのですよ。ビーズも全部、手縫いで付けられているのよ」

「え、ええ、素敵ですね」

「着てご覧になりますか？」

店主らしきその女性は押しつけるでもなく、自然にそう言った。

「いいえ、私には若すぎるデザインだわ。それにこんな高価なワンピース」

「そんなことないのよ。うちの職人は皆、服作りが好きで仕事をしているような人ばかりなので、オーダーメイドと言ってもお手頃なの。それに奥様だったら、このお見本をちょっと手直しすればそのまま着られるのではないかしら」

私の全身を一瞬で把握するように目を走らせると、店のドアを開けながら続けた。

「その代わり職人の拘りが詰まった服なので、服が人を選ぶのよ。あのワンピースはきっと奥様に着て欲しいと願っているわ」

店主のトークが上手いのか服に魔力があるのか、私は催眠術にでもかかったようにふらふらと店の中に入っていくと、ワンピースを手にしていた。

「ビーズが素敵」

どこかで見たような、懐かしい思いが溢れてきた。子供の頃、ガラス玉のビーズでネックレスを作って遊んだ。トレイの上に広げた沢山のビーズ。どれも透き通っていて空から落ちた星屑かと思ったビーズ。私が持っていた数少ない美しい物。それとは比べ物にならない輝きの本物のビーズが飾られて、ワンピースの白さを引き立てている。試着をしてみると、誂えたようにぴったりだった。

「やはりワンピースが奥様を呼んだのだわ。こんなにお似合いになって」

店主が鏡の後ろでそう言った。見本品なので破格のお値段にしてくれるという。気が付いたら私はワンピースを包んでもらっていた。ずっとピアノの発表会に何を着ようか、先生のドレスを断ってから心に引っ掛かっていた。これで大丈夫。安堵の思いがつい、口をついて出た。

「着るものが決まってほっとしたわ」

「あら、ご主人様とパーティーかしら。それともクルーズ？」

私は曖昧に微笑むと、ワンピースを入れた紙袋を受け取った。

「どうぞ、そのワンピースで楽しい時間を過ごしてくださいね」

最後まで私を夫持ちと信じて疑わないような店主に頭を下げて店の外に出ると、交差点は青信号で、私は大股に歩いていった。


黒や紺のスーツばかりのクローゼットの中に、あの美しいワンピースがあると思うだけで心が弾み、私は以前にも増してピアノの練習に精を出した。発表会の会場が先輩の旅館だと知ったときはどうしようかと思ったけれど、よく考えたら彼と私の恋物語は遠い昔のこと。今さら私に出会っても、彼は私の姿に気付くことさえないかもしれない。そう思うと心が軽くなったし、何より、何十年振りかにあの旅館の中を覗いてみたくなっていた。

私がピアノを弾いている間、涼が相変わらずソナタをお散歩に連れ出してくれて、その後ふたりでお茶を飲むのが私の楽しみだった。涼は透き通った肌をして、ますます女らしく美しくなっていた。

「絵里さん、来週、また母が来るんですけれど、会ってもらえます？」

ローズとハイビスカスをブレンドした女子力アップという触れ込みのお茶を飲みながら、涼が珍しく真剣な顔になった。

「もちろんいいけれど、いつも急なのね」

「あのね、私、改名しようと思っているの」

「え、改名ってそんなに簡単にできるの」

「簡単ではないけれど、涼の字のまま読み方を『りょう』から『すず』に変えようと思って。『りょう』は男の子の名前だもの。母も理解してくれて、その手続きに家庭裁判所に一緒に行ってくれるんです」

「そうなの。着々と進んでいるのね。お母さまも味方になってくださっているのね。よかったね、りょう……じゃなくて『すず』って呼んだ方がいいのかな」

「ふふ、完全に決まったらね。それまでは今まで通りの『りょう』でいいですよ。母には本当に感謝しています。でも父がね」

「まだ分かってくださらないの」

「古い人だから。帰ってくるなって言われちゃいました。まあ田舎だから隣近所の手前、私がこんな恰好で帰ったら騒ぎになるのは分かりますけれどね」

涼は自分の服に視線を落とした。

「困ったわねえ」

「ここにいれば快適だから、帰れなくても大丈夫です。他人との距離感も無関心さも私にはちょうどいいの。このままずっと、都会で生きていくことになるのかな」

「でも涼にとって、生まれ育った土地は特別でしょう。そこに堂々と帰れないなんておかしいわ」

「出た！　絵里さんの正義感」

涼が笑ったので、私もつられて笑った。

「そうね、ムキになって大人気なかったわ。いくら正しくてもどうにもならないことってあるもの」

頷いた涼の顔は一瞬、寂しそうだったが、すぐに笑顔に戻った。

「母が来たらテーマパークに連れていこうと思って。信じられます？　行ったことがないって言うんですよ」

「それはいいわね。私だって数回しか行ったことないわよ」

「そうなんですか。東京の人はみんな普通に行っているのかと思っていた」

「そんなことはないわよ。子供でもいれば行く機会もあるかもしれないけれど、おばさんになったら、どこに住んでいてもテーマパークは遠い夢の国よ」

子供がいたらもう一度、人生を最初からなぞるように過ごしていけるのかもしれない。でも独り身の私にとっては動物園も遊園地もプールも遠い思い出で、ひとりでいる限りそれらに足を運ぶことは、もうないだろう。

「お母さまを存分に案内してあげてね」

涼は大きな声ではい、と言うと、ローズティーを飲み干した。

発表会が近付くと、私はピアノの練習の時間を増やした。先生の「楽しんで弾くことが大切」という言葉は頭の片隅にあったが、それよりもあの旅館で弾くからには恥ずかしい思いはできないという気持ちが強く、それが私の完璧主義に拍車をかけていた。先生にレッスンしていただく時間も増やし、銀行のパートも早めに上がらせてもらって、夕方の時間はピアノに集中した。

その日もレッスンが少し伸びて慌てて帰り支度をしていると、先生がコートを持って玄関までついてきた。

「駅前で人と待ち合わせをしているから一緒に出るわ」

そう言って、襟にファーをあしらった真っ赤なコートに袖を通した。

「すみません。お忙しいのに長くお時間を頂いてしまって」

「いいのよ。もう今日のレッスンはあなたが最後だから」

私は早足な方だと思うが、一緒に歩くと先生はハイヒールの音をたてながら私より速く歩き、堂々とした歩き方に多くの人が振り向いた。

「これから若女将と会場の最終打ち合わせ、というのは口実で、新作のケーキを食べに馴染みの喫茶店に行くのよ。ね、絵里さんもご一緒しない？　一度、絵里さんとはゆっくりお話ししたかったのよ。同世代ですもの。あら、私と同世代なんて一緒にして悪かったたかしら」

「いいえ、そんな。光栄です」

「じゃあ決まり。夕飯前のデザートもたまにはいいわよ。若女将も紹介するわ。その方が、絵里さんも会場で初めて会うより安心でしょう」

ええっ、若女将に会うなんて心の準備ができていない。なんて言って断ろうかと考えているうちに先生はどんどん歩いていってしまい、自分の嘘のつけない性格を恨んだ。

駅前の賑やかな商店街から裏に回った路地にあるケーキ屋さんはひっそりとした佇まいで、昔風の喫茶店という言い方がぴったりなお店だった。薄暗い店内にステンドグラスのペンダントライトが優しい光を拡散している。愁いを帯びた表情の女性を描いたリトグラフがあちらこちらに飾られていて、カウンターの奥ではサイフォンを使って珈琲が淹れられていた。先に席に着いていた若女将らしき女性は、私たちを見ると立ち上がって小さく手招きをした。白いボトルネックのニットワンピースを着た彼女は、先生と一緒にいる私に向かって会釈をすると、胸まである長い髪がサラサラと音をたてた。

「こちら、私の優秀な生徒の絵里さん」

先生がそんな紹介をしたので、私は必死に手を横に振った。

「いいえ、ピアノを始めたばかりでまだ基礎の基礎をお勉強中です。どうぞよろしくお願いいたします」

「まあ、こちらこそ。発表会でうちの旅館に来てくださるのは、お子様か年配の方が多くて、私たちぐらいの歳の方ってあまりいらっしゃらないのよ。お知り合いになれて嬉しいわ」

「そうでしょう、働き盛りの方は少ないのよ。でも、絵里さんも凄いキャリアの方なのよ。若女将は旅館の狭い世界に閉じ籠っているから、他の分野の方とお友達になるのもいいのではないかと思って」

「はい、本当に世間知らずなので、色々教えていただきたいです」

若女将は、物腰も柔らかで喋り方もゆっくり、お嬢さま育ちが伝わってくる人だった。

三人で新作のケーキセットを頼むと、クリームが芸術作品のように盛られた写真映えするケーキが運ばれてきて、私たちは女学生みたいに歓声を上げた。先生がスマホを取り出して写真に収め、三人一斉にケーキにフォークを入れた。お喋りをし出すと、同世代の私たちはすぐに打ち解けることができた。

「若女将はね、こんな苦労知らずに見えるけれど、実は亡くなられた大女将にいじめられて大変な日々があったのよ」

「先生、やめてくださいな。昔のことよ」

「大女将さんって」

私は胸の鼓動の音が聞こえるのではないかと思うぐらい、ドキドキとした。

「主人の母なの。長く女将として旅館を取り仕切っていてね、厳しい人だったけれど教えられることも多かったわ。病気でずっと入退院を繰り返していたのだけれど、旅館に戻れた際には無理をしてもお客様の前に出てね。体調が悪くても着物をしゃんと着こなす姿は忘れられないわ。その義母も三年前に亡くなったんです」

女将さんが亡くなられていた……若い日のことが走馬灯のように頭に走った。そんなに早く亡くなられて、先輩はどんなにショックだったろう。

「大女将のことをそんな風に言うなんて、ホント若女将は人が好いわねえ。この人、婚約指輪も大女将のお古なのよ」

その言葉を聞くと若女将は笑い出した。

「もう時効よね。主人と婚約指輪を買いに行く約束をしていたら、義母に止められたの。私のエメラルドをあげるからそれにしなさいって」

「ほら人が好いでしょう。普通、怒るわよ。ご主人には後で何か言わなかったの？」

「主人は宝石なんて分からない人だもの。仕方ないって思っちゃった。そのときの私は、若さのせいで断れなかったの。今なら嫌ですって怒鳴り返すかしら」

若女将は心から可笑しいと言うように、ハンカチを目に当てて笑った。

そう、先輩は宝石なんて分からない人。女の子の好きそうな物や喜ぶことに関心のある人ではなかった。

雑誌の記事に載っていた若女将の写真を思い出した。指に光った大粒のエメラルドの指輪、あれがきっと婚約指輪だったのね。義理のおかあさんから受け継いだ指輪。その後、色々あったでしょうに、今も生真面目にその指輪を嵌め大切にしているなんて。先輩にぴったりの素敵な女性だと、私は若女将の笑顔を見ながら素直に思った。

「あの大女将が姑なら苦労するわよね」

先生が遠慮なく言った。

「確かに結婚当初は旅館のしきたりなんて何も分からなくて、義母に叱られる度に泣いたけれど、でもね、好きな人と結婚したのだもの。それで十分。家族の一員として若女将の仕事を頑張ろうって必死だったのよ」

若女将はさらりと言ってまた笑った。なんて強い人だろう。

あの頃、私は女将さんに反発をしたし、先輩を変えようと必死だった。旅館よりも山が好きなら山に登ればいい、自分のやりたいことをやるべきよ、そう言って。悩みながら旅館を生業とする家庭に生まれた自分を受け入れようとしている彼に寄りそうよりも、自分の価値観に彼を近付けたかったのだ。先輩が求めていたのは安らぎとか、温かい言葉だったのかもしれないのに。私は彼の為と言いながら、自分が大切だっただけ。

「あーら、またのろけられちゃった。若女将と社長の夫婦仲の良さは有名なのよ。そうね、なんだかんだ言っても順当にいけば親世代は私たちより先に逝くのだもの、今は若女将の天下。旅館を好きに仕切っているんでしょう」

先生はいつもストレートに物を言うが、それがかえって気持ち良かった。

「ええ、主人は新しい旅館の方に夢中で」

「新しい旅館？」

私はふたりの顔を交互に見つめた。

「来春、奥多摩に小さな旅館をオープンさせる予定なの。山登りが趣味の主人が、若い人が山に行くときの足場にするような旅館をつくりたいんですって」

「ご主人様、山に登られるのですか」

私は、今も……と言いそうになって、慌てて口を閉じた。

「そうなの。息子も大学の頃は登山部でね、ふたりしてしょっちゅう山に行ってしまうから、困りものなのよ」

「いいじゃないない、仕事だけでなく父親の趣味を息子が継ぐなんて。良く出来た息子さんよ」

「あら、先生のところだってお嬢さま、ちゃんと後を継いでピアノの先生になられたじゃないの」

「そうねえ。あの子に小さな頃からピアノをさせたのは私だけれど、私以上にはならなかったわね。今は申し訳ない気持ちもあるのよ。人生を私が決めてしまったようなものだから」

「お嬢さまはまだまだ、お若いもの。人生はこれからよ。先生より有名になられるかもよ」

珍しく愚痴っぽいことを言う先生に、若女将がすかさずフォローの言葉を掛けた。先生はその言葉には答えずに、ケーキの最後の一切れを口に放り込んだ。

華やかで自信に満ちた先生と、可憐な花のような若女将。やっぱり私とは住む世界が違うのだと、ケーキ屋さんの前で別れの挨拶をしながら、窓に映ったトレンチコートを着て髪を後ろで束ねただけの自分を見てしみじみ思った。若女将は何度も「お会いできてとっても嬉しかった。発表会、頑張って」と繰り返し、私の姿が見えなくなるまで手を振ってくれた。

日暮れが早くなったせいか外はもうすっかり薄暗く、お月さまが線路の上に大きな丸を描いていた。ケーキを食べてしまったら夕飯を作る気も食べる気もなくなって、ただゆっくり誰かとお酒でも飲みながら、若女将がしたように昔のことを笑い話にしたかった。先輩との一切を。

私は涼に電話をすると、老舗ホテルの最上階にあるバーに誘い出した。昔、先輩と待ち合わせをしたホテル。そこからは、東京タワーが目の前に見える。バーの雰囲気は昔とは変わっていてリニューアルしたようだったけれど、窓の外の東京タワーはあの頃と同じオレンジ色で、高層ビルが増えたせいか背が縮んだように見えた。

あの頃、私と先輩は夢に溢れていて、ありもしない将来を話し合った。子供は何人がいい？　男の子？　女の子？　小学生になったら山にキャンプに行こう。もっと大きくなったら、海外にも連れていこう。絵里のお誕生日には毎年ここでデートをしようね。そう言ってくれた先輩。私はその未来は当然あるもので、東京タワーのライトのように、朝になると消えてしまうとは夢にも思っていなかった。

涼は私を見つけると、小走りで走り寄り、隣に座った。

「涼ちゃーん、なんでも好きなお酒を頼みなさい。今日は絵里ママのおごりだからね」

「何、言っているんですか、絵里さん。酔っているんですか。私、未成年ですよ」

「あ、そうだったわね。じゃあファミレスに場所替える?」

「いいですよ。ほら、ちゃんとノンアルコールもあるし」

メニューを見ながら、涼はフルーツの入ったノンアルコールカクテルとチーズの盛り合わせ、サラダをオーダーした。

「絵里さん、お酒だけじゃダメです。食べ物も頼みましたから、ちゃんと食べてくださいね」

「はいはい、気が利くのね。涼が年上みたいね」

涼はからかう私を相手にせず、店内を控えめに見回した。

「ライトやソファがゴージャス。こんな所、初めてです」

「大人の世界でしょ。私も久しぶり。昔むかーしによく来ていたのよ」

「彼と、ですか？」

冗談を言う涼の横で、自分ではなんでもないと思っていたのに急に涙が溢れ出た。

「あ、もしかしたら図星？　絵里さんごめんなさい、泣かないで」

「なんでもないの。嫌ねえ、おばさんになると涙もろくなって。本当はひとりで思い出に浸って飲んでいるのが侘しくなって、涼を呼び出したのよ。ごめんね、お付き合いさせてしまって」

「いいえ、ひとりではこんな高級な所には来られないので大歓迎です。それにしても」

涼はボーイさんがカクテルを目の前に置く間、口を噤《つぐ》むと両肘をテーブルに突いて私の顔を覗き込んだ。

「絵里さんでもこんなとき、あるんですね」

「私のこと、感情のない微生物とでも思っていた？」

「そんなことはないけれど、絵里さんは強い方だから、弱気になることなんてないのかと思っていた」

そういえば私、男より男らしい女と呼ばれていたんだっけ。男は強いものと誰が決めたのだろう。男だって泣きたいときもあれば、女が歯を食いしばるときだってあるのに。

「それは買い被りよ。今日はね、つくづく自分が愚かだなって落ち込んでいたのよ。若い頃に手放したものの大きさに気付いて、独り身の寂しさが身に染みていたの」

「絵里さんは独身でも、仕事や生活を楽しんでいるように見えるけれど」

「そうね、今はいいわよ。でも、将来を思うと不安になるわ」

「将来、ですか。歳を取ったときってこと？」

「うん。母がいなくなったら、私には家族がいなくなってしまうの。本当にひとりなんだなって急に思えてきて。まだ若い涼には分からないでしょうけど」

「私だって、ひとりです。きっと、ずっと」

そうだった。限りなく透明に近いレモン色のカクテルに挿したストローを、涼は俯いてクルクルと回している。私が涼くらいの歳には、なんの疑問もなく漠然と未来の私の隣には夫と子供の姿が見えていたのに。

「これからパートナーができて、家族をつくれるかもしれないじゃない」

無難な愚かなことを言って、また私は落ち込んだ。

「その可能性がないって諦めている訳じゃないですよ。でもね、好きな人に告白しても迷惑じゃないかと思っちゃうんですよね」

「好きな人、いるの？」

その言葉に答えず涼はグラスを持ち上げると、レモン色が回っているのをじっと見つめた。

「好きな人には幸せになって欲しいじゃない。みんなに祝福された結婚をして子供も持って、普通の家族の生活っていうの？　送って欲しいし」

まだ人生の半分も生きていない涼が、私よりずっと大人なのが悲しい。

「涼は、自分が幸せになりたいとは思わないの？」

私はずっと、自分の幸せばかり考えて生きてきた。

「そんなことないですよ。でも、好きな人が幸せでなかったら自分も幸せにはなれないと思うの。だから好きな人が幸せなら、その幸せを遠くから眺めているのもまた幸せかもって思うんです」

レモン色はまだクルクル回っている。

「子供のことは大きいですよね……」

涼は自分に言うように、ポツンと呟いた。

「そうね。私だっていつか、子供を産むものだと思っていたのよ。それなのに、いつの間にかこんなおばさんになっちゃった。子供を産んで育てれば、それだけで生物としての役割を果たした気持ちになるでしょ。社会だってそれを望んでいる。そう思うと時々悲しくなるわ」

「そうですね。でも、そう思い込んでいるだけかもしれない。そう思いませんか？　絵里さん、私の身体と心が異なって生まれてきたのは、神さまの領域だって言いましたよね。それなら神さまの考えなんて、私たちを超えているじゃないですか。絵里さんには子供を産む以上の使命があるかもしれないじゃないですか。全てに何か必然性があるんですよ、きっと。だから信じて、自分がこの世に生まれたのは意味があると信じて、生きるしかないと私は思うんです」

「涼にはまだ長い未来があるわ。意味がある人生をこれからいくらでも自分で作っていけるわ。でも、私にその言葉は残酷よ。花なら盛りを過ぎてしまったのだから」

「エントランスの黄色い薔薇、二回咲きましたよね。絵里さんだって、自分で自分を羨むような人生をこれから生きられますよ。自分でまた咲けばいいのだもの」

涼はどこまでも前向きだった。いつから涼はこんなに強くなったのだろう。レモン色のカクテルは微炭酸で幾つもの小さな泡が真っすぐ上に上がっていく。それを見ていたら、空になりかけた私のワイングラスがなんだか哀れに見えた。

「いいこと思いついちゃった。私が歳を取ったらあのマンション、独り者専用のシニアマンションにしようかな。そもそもひとり暮らし用になっているし。みんなで助け合って暮らすのよ。ね、そうしたら涼が私の後を引き継いでね」

「イヤですよー。私だって私なりの家族を持っちゃうかもしれないもん」

おどけるようにそう言う涼に、心からそうなって欲しいと思った。涼が、涼なりの家族と言ったのが嬉しかった。ありのままの自分を大切にしているようで。昔話をして慰めてもらおうとした自分が恥ずかしい。涼はサラダをフォークで突くと、少しずつ口に入れた。唇にドレッシングが付く度にナプキンで口元を押さえる仕草は、私の知っている若い娘の誰よりも上品で女らしい。

バーを出ると、お月さまは小さく強い光で真上から街を照らし、その光は都会のビルの蛍光灯よりずっと明るかった。


明後日がピアノの発表会という日の早朝、家の固定電話が鳴った。母が意識不明で救急搬送されたと、ホームからの知らせだった。

すぐに着替えて病院に駆け付けると、母は集中治療室にいた。身体に何本もの管が繋がれ、会うことが叶わなかった。「前回、発作を起こしたときよりも重篤で予断を許さない状態です。最悪のことも覚悟しておいてください」そう主治医に告げられた瞬間から「覚悟してください」の言葉だけが頭に響き、看護師さんや薬剤師さん、入れ代わり立ち代わりに訪れる人の説明は上の空になった。

母がこの世からいなくなってしまうかもしれない。涼に夜景を見ながら呟いた一言は、ただの架空の未来話だった。なのに、私は本当にひとりぼっちになってしまう。恐怖が身体を貫いた。それでもやるべきことは目の前に山とあった。私は頭を振ると、今は考えることを止めようと決めた。

母の状態が落ち着いているうちに、病院を出てホームに向かった。最悪な場合、誰に連絡をして何をどうしたら良いのか、まるで分からない。父が亡くなったとき、私はまだ学生で母が全てを取り仕切った。母には私にとって伯母にあたる姉がいるが、高齢だしここ数年は付き合いもなかったけれども、知らせるべきなのか。それとも母は知らせたくないだろうか。

タクシーの中でとりとめもなく考えていると、母の友達の顔がひとりも浮かばないことに気付いた。染物屋をしていた頃、周りには商店が沢山あって、仲良くしていた金物屋の奥さんや布団屋のおばさん、不思議な服を売るブティックの女主人がいたけれど、あの人たちは母の友達だったのだろうか。時代と共にお店を閉めるとひとり、またひとりとどこかに越していき、私は彼女たちの連絡先さえ知らない。

ホームでスタッフに病状を話し、母の部屋の鍵を開けてもらった。ひとりでぽつんと母の部屋を見回していると、また恐怖が込み上げてくる。つい今朝まで眠っていたベッドからは、母の匂いが立ち上がってくるようだった。

私は箪笥の一番上にある、三つの小引き出しを順番に開けていった。母が大切な物をここに仕舞ってあるのを知っていたので、もしかしたらアドレス帳があるかもしれないと思ったのだ。そこにはノートや手帳類が入っていた。手帳を一冊ずつ出していくと、最後にグリーンの表紙の薄い冊子が出てきた。手に取ってよく見ると表紙に「エンディングノート」と書かれていて、私はハッとした。

母がこんなものを書いていたなんて。震える手で捲っていくと、いざという際の連絡先として葬儀社の名刺が貼ってあった。そこに電話をすれば火葬場に直接行く直葬を依頼してある。絵里は何もしなくていい。葬式も戒名も必要ない。親戚には全てが終わったら葉書がいくようになっている。ホームの退去だけお願いします。ノートにはそう書かれていた。そのノートを手にしたまま私は床に座り込むと、声を出さずに泣いた。死にゆくときさえ自分は頼られていないのか、それとも娘に迷惑をかけたくないという母の優しさなのか。どちらか分からなかったけれど、それでも私に相談なく全て母ひとりで決めていたのが悲しかった。もっと甘えて欲しかった。娘として、私は母を送り出したいのに。

おかあさん、なんで……。

ノートを閉じると、背表紙に古びた鍵がセロテープで頑丈に貼り付けられていた。見たことのある鍵。記憶を辿ると、自宅にある母の鏡台の鍵だと思い当たった。

私は急いでマンションに戻ると、そのまま母の部屋に行き、鍵を握りしめて鏡台の前に立った。母が祖母から受け継いだ年季ものの鏡台。若い頃はそれなりにお化粧をしていた母も、歳を取ってからはリップクリームくらいしか塗らなかった。化粧水もドラッグストアで買う安物で、鏡台に仕舞うような化粧品は持っていない筈なのに。

恐る恐る台座にある両開きの扉の鍵穴にゆっくりと鍵を差し込むと、それは見事に合わさった。

眩しいほどの様々な色が落ちてきて、私の足元いっぱいに広がった。ひやりと冷たく、柔らかな感触が足の甲を覆う。友禅の見事な草花模様や紅型の鮮やかな花鳥、鮫小紋の繊細な文様が畳を埋め尽くした。それは着物を染める、色とりどりの見本生地だった。染物屋を閉じたのはとうの昔なのに、まだこんな物が残っていたなんて。三十センチ四方程の見本生地を拾い上げると、両腕に持ちきれないほどの量で、どれもが褪せずに美しい色を保っていた。鏡台の扉の奥を覗き込むと、紙の束も入っている。それは黄ばんでいてホロリと砕けそうだ。丁寧に床に並べていくと、染色を発注していた全国の職人さんや問屋さん、取引のあった呉服店の住所録だった。一行一行に母の字でメモが書いてある。この職人は古典柄が得意、このお店は振袖に力を入れている。そして最後の紙には「この店を絵里が再建するときのために」と書かれていた。

おかあさん。おかあさんは私に染物屋を引き継いで欲しかったの？

明日のことも分からない商売よりも、大きな会社に勤めなさいと、私に勉強させたおかあさん。商売をしている家は苦労するからダメよと、私の結婚に反対したおかあさん。難関の大学に合格したときも銀行に就職が決まったときも、誰よりも喜んでいたのはおかあさんだったのに。

私は何がどうしたのか分からなくなって、その場に座り込んだ。かび臭い匂いを嗅ぎつけて、ソナタが障子の向こうでキャンキャン怒ったように吠えていた。

銀行に事情を話してしばらくお休みを頂くと、次の日は一日母の病院で過ごした。母は変わらず眠り続けていた。そして、その夜が明けるとピアノの発表会の日が訪れた。

私は病院ではなく美容室に向かうと、鏡の前で髪を結わえたゴム紐を解いた。サラリと音を立てて髪が背中全体に広がる。いつもひとつに結んでいる私の髪は、ゴムの跡が付いて、リボンの形に歪んでいた。鏡に映った美容師さんに、お姫様みたいな華やかな髪型にしてくださいと伝えると、一瞬不思議そうな顔をしたが、私の思い詰めた表情に何か感じたのか、頷いてコテで髪を巻いていった。ひと巻きするごとにウエーブが私の頬をくすぐる。最後に右耳の上にスワロフスキーを埋めた蝶のピンを差し込むと、私は満足して小さく微笑んだ。

髪型が思い通りに仕上がると家に戻り、化粧を念入りにした。いつもはつけない頬紅を差し、今日の為に買ったローズ色の口紅を筆にとって付け、グロスというものを初めて重ねた。クローゼットの扉に吊るしておいた白いワンピースに袖を通す。身体を動かす度にフレアーの重なり合う音がし、ビーズが煌めいた。首の後ろに両手を回して波打った髪を胸元に引き寄せると、姿見の前に立った。

これが私……。

母の心配も発表会の緊張も忘れて、私は鏡に映る自分の姿に見入った。

小さい頃からずっと憧れていた、私の一番遠い所にいる美しい人。ボロ布を纏ったシンデレラが魔法使いによって変身したように、私は今、自分の手で自分を変えた。子供の私の夢を叶えるように。ソナタが姿見と私の間に割って入ると、おすわりをしてじっと私を見つめた。ソナタまでも私に「キレイだわ」と囁いているようだった。私はソナタの前に跪くと、ワンピースに毛が付かないように慎重にソナタの顔を両手で挟んだ。

「おりこうさんにしていてね。発表会が終わったら、すぐに帰ってくるからね」

バッグを持って急ぎ足で玄関に向かうと、いつもはキャンキャン吠えて足元にまとわりつくソナタが、静かに自分のベッドに向かって歩いていった。

タクシーから降りて旅館の門の前に立つと、懐かしさが込み上げてきた。歴史を繋いできた古門。一歩中に足を踏み入れれば敬虔な思いすら抱いたその門を、私は大きく息を吸うと潜った。

　アプローチには昔、竹が植えられ鹿威しが置かれていたが、今はイングリッシュガーデンに設えてあり、短い植え込みの所々にリスやウサギの置物が置かれている。石畳の脇は電飾で飾られ、エントランスの奥に大きなクリスマスツリーが見えた。ロビーに入るとモダンなソファが並べられ、絨毯敷きだった床は大理石模様のフローリングに替えられていて、天井を見上げると、見覚えのある黒ずんだ梁がデンとしていた。クリスマスツリーの奥からポインセチアが描かれた付け下げを着て、髪を結った若女将が歩いてくると、私に微笑みかけた。

「絵里さん、お待ちしていました。発表会、楽しんでくださいね」

　プラネタリウムの設備を備えているというシアタールームには、既に出番の早い子供たちが集まって母親に髪を直してもらったり、譜面に目を通したりしていた。女の子は申し合わせたように、胸元にシャーリングや刺繍が施された提灯袖のワンピースを着ている。お父様方はジャケットを着用し、お母さま方はスーツやワンピースにアクセサリーをしてお洒落を楽しんでいる様子だ。私が小さい頃、憧れた世界がここにある。私はあの子供たちの仲間になりたかったのだ、ずっと。小学生の頃に、若く着飾った母とここにいられたらどんなに嬉しかっただろう。

　ピアノの椅子の調節をしていたママ先生が、部屋の入り口で立ち止まっている私に気が付くと、大きな声で呼んだ。黒のスレンダーなドレスを着て今日はまた一段と若く美しい。

「絵里さん、見違えちゃったわー」

　手を伸ばして私の髪のカールに触れると、笑った。

「最初、どなたが入っていらしたのかと思っちゃった。とっても素敵」

「お恥ずかしいです。初心者なのに恰好ばかりで」

「あら、言うことは絵里さんのままね。今日は楽しむ為の一日なのよ。ご自分の為に着飾ってくれて嬉しいわ。絵里さんには頑張ってとは言わない。思い出に残る日にしましょうね」

　発表会は年齢の低い順に始められ、小さな子が必死に両手を動かしてピアノを弾く様子は、微笑ましくてずっと見ていたかった。女の子ばかりかと思ったら男の子もいて、蝶ネクタイをして頬を赤らめながらお辞儀をする姿に、思いっ切り拍手をした。中学生、高校生になるとピアニストなのではないかと思うぐらいに感情を込めて難曲を弾いたので、すっかり私は怖気づき、逃げ出したい気分になってきた。

高校生が終わると一旦そこで休憩が入り、大人の回の二番目が私。出番を待つ間ピアノの横に並べられた椅子に座っていると、知らず知らずのうちに手が震えてきた。私の隣に座っていた一番目に弾く白髪の女性が、目を通していた楽譜から顔を上げると、話しかけてきた。

「緊張しますよね。私なんていつも家にひとりでいるの。こんなに大勢の人に囲まれるだけでドキドキしちゃうわ」

全然、緊張していない様子でそう言ったので、私はなんて返したらいいか分からず曖昧に頷いた。

「でもね、大丈夫。いっぱい練習したのだもの。あなたもそうでしょう?」

そう言って、震えている私の手にそっと手を重ねた。照明が一段暗く落とされ、白髪の女性の名前が呼ばれた。彼女は深呼吸をしてから、ピアノに向かって歩き出した。同時にシアタールームのドアが開き、目立たないように会場の隅を歩いて一番前の席に座った人がいた。

涼ちゃん。今日は手芸サークルの作業があるから来られるか分からないと言っていたのに、来てくれたんだね。私が涼の方を見ると、小さく手を振ってくれた。涼の顔を見た途端、若者の前で恥ずかしい思いはできないという私本来の性格が蘇ってきた。完璧に弾いてみせる。そう自分に言い聞かせた瞬間、流れていたピアノの音が止まった。私の前に弾き始めた白髪の女性が手を鍵盤に置いたまま、首を傾げている。会場がざわめき先生が立ち上がって歩み寄ろうとした瞬間、白髪の女性は会場の方を向いて、

「ど忘れしちゃったみたい。楽譜を見させていただきますね」

そう言ってピアノの上に置いた楽譜を広げると、何事もなかったようにまた最初から弾き始めた。その後は時々、音を外しながらも最後までスムーズに進み、弾き終わると今までで一番の大きな拍手が起きた。見事だなあ。そう、ここはプロの舞台ではない。完璧に弾くよりも、人の心を打つことがある。私の名前と曲目が紹介された。ゆっくりとピアノに進み客席に向かってお辞儀をすると、ざわざわしていた心がすーっとさざ波のように引いていった。

ひとり、舞台の真ん中に立っていると、この旅館の匂いや壁の質感、歴史の重みが五感を刺激して、先輩と過ごした日々が昨日のことのように目に浮かんだ。私たちはここで笑い、夢を語らい、そして愛し合った。あの輝いた日々も今の穏やかな日々も、同じ私の人生で全てが愛おしい。いつの間にか上手に弾こうなんて気持ちは失せて、私は無心にピア

ノに向かった。ここにいる沢山の人、一生懸命に教えてくださった先生、会場を提供してくださった若女将、そして駆け付けてくれた涼。みんなに、ただ私のピアノを聞いて欲しくて。

夢中で弾いて気が付いたとき、私は拍手の中でお辞儀をしていた。涼がハンカチを目頭に当てていた。先生を見ると笑顔で頷いている。どうやら上手くいったみたいだ。私は、ただ自分の精いっぱいの姿を晒せたことが心地良かった。


ロビーのクリスマスツリーの前で涼は私に小さなブーケを差し出した。

「絵里さん、感激しちゃった。本当にピアノを弾けるようになったのですね」

「それ、どういう意味？」

笑いながらブーケを受け取ると甘い香りが胸いっぱいに入ってきて、私は思わず目を閉じブーケに顔を埋めた。

「全て涼のおかげよね。涼が私の背中を押してくれたのですもの。これで子供の頃の夢が全部、叶ったわ。もう思い残すことはないわ。ありがとう」

「やだ、絵里さん。おばあさんのようなことを言っている。もっと上手になってピアニストを目指してください」

「それは流石に無理だけれど、でもピアノはずっと続けていきたいな。楽しいもの」

「うん、今日の絵里さんとっても素敵だった。絵里さんの部屋にぴったりのお姫様みたいで。これが本当の絵里さんの姿だったんですね」

「もう、大人をからかわないの。さあソナタが待っているわ。早く帰らなくちゃ。タクシーを呼ぶから涼も一緒に乗っていってね」

ブーケをサブバッグに入れようとすると、プログラムが入っていないことに気が付いた。自分の番が終わった後の記憶はあまりなく、客席に置いたままかもしれない。

「ごめんね、忘れ物。フロントにタクシーをお願いしておいてもらえるかしら。すぐに取ってくるから」

走ってシアタールームに戻ると、自分の座っていた座席に紙が丸まっているのが見えた。やっぱりそうだ。ほっとして座席に近付くと、ピアノの横で話し込んでいた先生と若女将がこちらを振り向いた。

「絵里さーん、今日はありがとう」

若女将が着物の袖を押さえながら手を振ると、先生も一緒になって手を振ってくれたので、私はふたりのところに歩み寄って頭を下げた。

「こちらこそ本当にありがとうございました。素晴らしい経験をさせていただいて、一生の思い出になります」

「絵里さんの演奏、良かったわよ。ピアノが好きっていうのが伝わってきて、泣けてきちゃったわ。ちょっと前までは譜面通りに完璧に弾くのに、なんだかロボットみたいでどうしたらいいのかと思っていたのよ。何が絵里さんの感情を解放したのかな」

自分でも分からなかったが、もしかしたらこの旅館であったからこそ、なのかもしれない。

「プライベートでも、ぜひまたいらしてくださいね。この間みたいに三人でゆっくりお喋りしたいわ。お仕事のことも色々聞かせてくださいね」

そう言う若女将に罪悪感を抱きながら曖昧に微笑むと、若女将は私の両手を取って真剣な顔つきに変わった。

「私、昔から絵里さんを知っている気がするの。ね、どうしてかしらね?」

ドキッとした。若女将は夫と私の過去を知っているのだろうか。なんて答えようか迷っていると、私の前にピアノを弾いた白髪の女性が、私たちの横を通り過ぎながら笑い声を立てた。

「まあ、三人揃うとお花のようね。キレイだこと。若いっていいわねえ」

私はもう一度お辞儀をすると、無言のままドアに向かった。もう二度とここには来ないと胸に言い聞かせながら。

ロビーに向かって早足で歩いていくと、クリスマスツリーの向こうからふたりのスーツ姿の男性が歩いてくるのが見えた。がっしりとした中年の男性と細身の青年。

もしかしたら……。

私は立ち止まって息を呑んだ。話しながら近付いてきたふたりは私に向かって会釈をすると、そのまま横を通り過ぎていった。そうよね。もう何年、いえ何十年になるのだろう、私たちが最後に会ってから。それにしてもあの青年、なんて先輩の若い頃にそっくりなんだろう。チラッとこちらを見た目の色も右肩を下げる歩き方も。そして、先輩の穏やかな顔。慈しむように息子を見る先輩の顔は、私の知っている強い先輩とはまた違う表情だった。良かった、本当に。先輩は愛情に溢れた家族に囲まれて幸せなんだ。

恋が愛に変わり、愛が情に変わった瞬間だった。浮かんできた涙が落ちないように上を向いて息を吸うと、私は歩き出した。

「エリ……？」

　後ろから声が聞こえた。

「もしかして、絵里さんですか」

　私は人差し指でさっと涙を拭ってから振り返った。

「ええ、ご無沙汰をしております」

「やっぱり。どうしたの、こんな所で」

　先輩は横にいた青年に手振りで先に行くように指示をすると、私の前に駆け寄った。

「ピアノの発表会でシアタールームにお邪魔をしていたの。モダンな旅館に様変わりしていて驚いたわ」

「驚いたのはこっちだよ。絵里がピアノを弾くなんて知らなかった」

「始めたばかりなのよ。ご活躍は伺っているわ。新しい旅館をオープンなさるのですってね」

「まだ山が諦められなくてね。山男の居場所のようなものを作れないかと思っている。この歳になって、やっと自分の思い通りのことができるようになったってことかな。絵里はどう？　銀行を退職したと聞いて心配していたんだ」

先輩が私を忘れず気にしていてくれた。心に温かいものが込み上げてきた。

「系列会社に出向の打診があったのだけれど、どうしても現場にいたくてね。新入行員の頃、あなたに銀行愛を叩きこまれたからかしら。心底、銀行が好きになってしまったみたいだわ。今はパートになって、気ままにロビーのおばさんをさせてもらっているのよ」

「絵里らしいなあ」

先輩はクックッと笑い出した。若い頃と同じ三日月の目をして。

「結局、絵里が一番自分の信念を貫いて生きているってことかな。よかった。それなら元気にしているんだね」

「ええ、なんとかやっているわ」

「結婚は？」

単刀直入なのも昔のままだ。

「残念ながら、あなた以上の男性には巡り合えなかったわ。ひとりも好き勝手ができていいものよ」

そう言うと、先輩はちょっと困ったように下を向いて、上目遣いに私を見た。

「絵里……なんだか感じが変わったね」

「そう？」

「華やかになったっていうか、素敵になったっていうか。僕には眩しく見える」

「ありがとう」

その言葉を素直に聞くことができた。

「若い頃は男性に負けまいと必死で、女性らしさを封印していたのかもしれないわ。私もこの歳になったから、人目も気にせずにこんな恰好ができるのよ。素直に女性を楽しむ気持ちになれたの」

「僕たち、お互い歳を取ったってことかな。昔、絵里が僕に自由になれ、と言ったのを覚えている？」

「ええ、あなたが旅館に縛られているようで、見ていられなかったのよ。あんなに山が好きだったのだもの」

「そうだね。その言葉がずっと心に残っていてね。そのおかげでこの旅館のリフォームも、新しい旅館も決断できたのかもしれない。今までの旅館の概念に囚われない、僕なりの旅館を目指そうと思っている。これが、僕の自由だよ」

「あなたらしい素晴らしい旅館だわ」

先輩が私の言葉を胸に抱いていてくれたなんて、信じられなかった。これで歩き始めることができる。私も、新しい道を。

「絵里に会えてよかった。生活を楽しんでいるみたいで。心の重荷が取れたよ」

「あら。私、あなたの心にずっとぶら下がっていたの？」

「そうじゃないけれど、すまないことをしたと思っていたんだ。僕は結局、君よりも旅館を選んだのだから」

「あなたは自分の使命に忠実だっただけよ。それは素晴らしいことだわ。私はきっと、そんなあなただから好きになったのよ」

自分の言葉に驚いた。もし先輩が旅館を捨てて私と一緒になっていたら、私は先輩を愛しただろうか。私の心の答えは明確だった。

「これだけは信じて欲しい。幸せでいて欲しいと思っていた。絵里には、誰よりも」

「ええ、幸せよ。ありがとう」

その言葉で十分だった。私はお辞儀をすると、回れ右をしてクリスマスツリーに向かって歩き出した。彼は引き留めることをせず、連絡先を聞くこともしなかった。それでいいのだ。ただ、私の姿が見えなくなるまでずっと前を向いて私を見送ってくれているのが分かった。ツリーの赤や緑の電飾がチカチカして、涙に霞んだ私の目の中で水彩絵の具のように溶け合った。

外に出ると涼がタクシーの横で手を振っていた。

「絵里さーん、こっち。タクシー来てますよ」

「ごめんなさい。待たせてしまったわね」

タクシーに乗り込んでスマホの電源を入れると、母の病院から何回も着信が入っていた。慌てて掛け直すと、看護師さんの言葉に私はスマホを握りしめたまま、口を押さえた。

「絵里さんどうしたの？　大丈夫」

心配そうに涼が私の顔を覗き込んだ。

「母が……」

「お母さま？」

「母が意識を取り戻したって。もう峠は越えましたって」

「良かった！　絵里さん、良かったですね」

首に抱きついてきた涼の横で、私はただ頷くことしかできなかった。幼い頃から必ずしも分かり合えた母ではなかったけれど、それでも私にとって母は母なのだから。

マンションの部屋に戻ると鎧を外すようにワンピースのファスナーを下ろし、ストッキングを脱ぎ、蝶のピンを抜いた。裸に近付くにつれて、身体だけでなく心までも軽くなっていく。シャワーを浴びると、一夜の魔法が解けたように髪のウエーブもラメのアイシャドーも取れて、いつもの私が現れた。灰色のスウェットに着替えてワンピースを丁寧に畳み、クリーニング屋さんに持っていく籠に入れていると、インターホンが鳴った。誰だろうと思いながらドアを開けると、涼が花布巾を掛けた何かを片手に持って立っていた。

「さっきはお疲れさま。絵里さん、お昼ご飯を食べる時間がなかったって言っていたから、お腹が空いているかと思って」

布巾を取り除くと、丸いお盆にお赤飯で作ったおにぎりと卵焼きが乗っている。

「どうしたの、これ」

「私の家ではおめでたいことがあると、お赤飯を炊くんです。お誕生日も記念日も。今日は絵里さんの大切な日だから、食べてもらおうと思って作ったの」

「まあ、ありがとう。お赤飯なんて買うものだと思っている若者は多いでしょうに」

私の為にお赤飯を炊いてくれる人がいると思うだけで、ホロリとくる。

自分のお皿に移し替える間、涼にリビングに入ってもらうと、喜んだソナタはぐるぐると凄い勢いで走り回り、そのままクリーニング用の籠にダイブして私のワンピースの中から顔を出した。

「あらあら、もう二度と着ないからクリーニングに出すつもりだったのに。ソナタの毛が付いてしまうわ」

「え、もう着ないの？　どうして？　あんなに似合っていたのに。お友達と会食に行くときとかに着ないんですか」

「そうね。でも、もういいの。私、今日気が付いたのよ。キレイなものが好きだけれど、自分がそちら側にいなくてもいいって。私は今のままでいいの。涼はワンピースを着た私を本当の私って言ってくれたけれど、本当の私はこっちの私。この地味な色が私だし、そんな私でいたいの。ピアノのレッスンも続けるけれど、発表会は卒業します。自分の為に弾ければそれでいいから。私、夢の世界から帰ってきたのよ」

「ワンピースを着た絵里さんも発表会も、とびきり素敵だったのに」

「ありがとう。でも理想の私は思ったほど居心地の良いものではなかったわ。私は今の私が一番好きってことよ。着飾るよりも大切なものに気付いたの。涼は若いのだもの。自分の理想を求めて、なりたい自分に向かって進むのも悪くないと思う。その果てに何があるのか見てみるといいわ。ね、ちょっと来て」

リビングと和室の間にあるガラス障子を開けると、涼の背中を押した。涼はスリッパを脱いで恐る恐る中に入ると、ゆっくりと部屋を見回した。

「ここは、全然雰囲気が違うんですね」

「母の部屋なのよ。昭和な感じでしょう。涼に見てもらいたい物があるの」

私は母が鏡台の奥に仕舞っていた染物見本の生地を取り出した。

「わあ、キレイ。着物の生地ですね。凄く色んな柄があるんですね。この感じ、見覚えがある」

一枚の生地を手にしてしばらく考えていた涼は、真剣な顔つきになった。

「姉さんの成人式の振袖を作ったとき、私も一緒に呉服屋に行ったの。そのとき、こういうのを見ました。何枚も試着する姉さんが羨ましくてね。私には縁のない世界だったから」

「それだけじゃないのよ。本物の着物もあるの」

部屋の反対側に置かれた桐箪笥の引き出しをひとつひとつ開けていった。そこには母の昔の着物と、私の何枚もの着物が仕舞われていた。一度も袖を通していない着物。母は私が結婚するときに持たせるつもりだったのかもしれない。桃色の無地や四季の花を描いた訪問着など、今の私には派手な着物が丁寧に畳まれてそこにあった。

「ねえ涼。これ、みんなもう要らないの。私は着ないもの。このままここに置いておくのは忍びなくてね。この布見本や着物を何か使える物にリメイクできないかしら。涼は手芸サークルでしょう。アイデア浮かばない？」

「そうですねえ。でも何かに作り替えるにはカットしなくてはならないですよ。勿体なくないですか」

「いいのよ。このまま置いておく方が勿体ないわ。涼の好きにしていいから、何か考えてくれないかしら」

「それなら、この見本生地はパッチワークにしてベッドカバーやクッションにしたらいいと思うの。帯は高級感のあるテーブルセンターになるし。お着物は洋服にリメイクするのが流行っているから色々な型紙があると思うけれど、一度サークルの仲間に見せてもいいですか？　みんなで考えてみたいです」

「もちろんよ。それにね」

私は少し躊躇したが、胸の奥にあった考えを思い切って言った。
「出来上がった作品をネット販売できないかしら。利益はあなたたちへの手数料が出れば
それで十分。せっかくだから美しい着物の生地を沢山の人に知ってもらって、実際に使っ
て欲しいのよ」
「分かりました。絵里さん、私が大学で勉強しているのはグローバルエコノミーだって
知っていました？　ネットなら世界中に発信できますね。簡単にショップが開けるサイト
もあるから調べてみます」
「ありがとう。それからもうひとつ」
私は引き出しの一番下から取り出した、着物を包む畳紙《たとうし》の紐を解いていった。藍色の
縮緬に見事な熨斗文様が描かれた振袖が現れた。
「涼、ここに立って」
涼を姿見の前に立たせると、私は後ろから涼の肩に振袖を掛けた。
私は染物屋の娘だ。着物の着付けぐらいはできる。呉服屋で簡易的に着せるように振袖
の前を合わせると、西陣の袋帯を巻いて後ろで軽く結んだ。
「着物の良いところは体形に左右されないことね。背の高い涼でもほら、なんとかなるわ。

桁《ゆき》だけは直さないといけないけれど」

「絵里さん、これは」

「涼にあげる。私は独身だけれど、もう振袖を着る勇気はないもの。さっき振袖を作ったお姉さんが羨ましかったって言っていたわよね。もう羨むことなどないの。成人式にはこれを着なさい」

それを聞くと涼の目に、みるみるうちに涙が浮かんで鼻声になった。

「ありがとうございます。絵里さんは本当に私を女の子として扱ってくれるのですね」

「当たり前じゃない、涼は女の子でしょう。誰が何を言っても、堂々とあなたらしく生きればいいの。でもね、私があなたを好きなのは女の子だからではないわよ。女でも男でも関係なく、涼という人間が好きなの。だから遠慮なくいきましょう」

涼は頷くと、ゆっくり両手を広げてくるっと回った。

「振袖って孔雀の羽根みたいですね。特別なときに特別な人に見せる、とっておきの晴れ着。絵里さん。私、これを着た姿をかあさんに見せてもいいですか？　もしかしたらかあさんは嫌だと思うかしら。それとも良かったねと言ってくれるかしら」

「どちらの気持ちもあるかもしれないわね」

私は正直に言った。

「でも涼が嬉しかったら、それがお母さまの幸せなのよ。だからきっと喜んでくれるわ」

母になったことはないけれど、それだけは確信できた。母の子を思う愛情に疑いを持ったことはなかった。分かり合えない私と母であっても、母は私を愛している。母の思う幸せと私の思う幸せが、違う色をしているだけ。母が大好きかと聞かれたらすぐにイエスとは答えられないかもしれないけれど、それでもきっと母を心から追い出すことはできない。

それが親子なんだと思った。


次の日、母の病院に行くと、まだ母の身体には何本もの管が繫がれていた。でも、意識ははっきりとしていて、ガラス窓の向こう側からうっすらと涙を浮かべた目で私を見つめた。口元が微かに動き、私にはその形が「ご・め・ん・ね」だと分かった。

何が「ごめんね」なのか。病気になったことか、私に迷惑をかけることか、それとも私にしてきた全てのことなのか。分からなかったけれど、弱気な母を見たことがない私はそれを見て、今までの母への気持ちが全て解けていった。母はもう昔の強い母ではなく、私を頼りにしている年老いた老人なのだ。

担当の医師に会うと、今後どこまでの治療を望むかの話になった。延命治療は一切必要ないという、母のノートの言葉が頭を掠めた。それでなくても母の気持ちは分かっていたので、積極的な治療ではなく母の生命力に懸けますと伝えると、お医者さんも理解をしてくださった。私はそれよりもなんとかお正月に自宅に帰れないかとお願いすると、昼間の数時間だけならいいでしょうと許可をくださり、私は心からほっとした。

病院を出ると木枯らしがマフラーを揺らした。私は思わず両手をコートのポケットに突っ込んだが、気持ちは明るく弾んでいた。

良かった。母にマンションを見せられる。古屋《ふるや》と染物屋から変身した、白く光るマンションを。母はなんて言うだろう。また、こんなキレイなだけの建物なんて、と言うだろうか。お姫様風の部屋に呆れるだろうか。それともいつものように借金の心配をするだろうか。そもそも母は言葉を発せられるようになるのだろうか。幾つもの思いが頭を過った。もしかしたら最初で最後になるかもしれない、母の外出。その時間を母娘としてかけがえのないものにしようと、心に誓った。

私は電車に乗って、そのまま銀行に向かった。お休みを頂いていたのはほんの数日なのに、なんだかとても久しぶりな気がした。平日の午後のロビーは空いていて、穏やかな空気が流れている。窓口には佐伯さんが座っていた。年配の男性が呼ばれると手に持っていたスマホを佐伯さんに見せて、何やら画面をふたりで覗き込んでいる。ネットバンキングのやり方を聞いているみたいだ。佐伯さんが自分の横にあるパソコンを指差して、

「結局、ここで行う操作とスマホを使ってご自身で行う操作は同じなのです」

と言うと、男性は安心したように笑みを浮かべた。佐伯さんはスマホを鞄に仕舞いかけた男性に声を掛けてそのスマホを受け取ると、パソコン用のクリーナーでスマホの画面を丁寧に拭き、両手で差し出した。男性は一瞬キョトンとしたが「ありがとう」と大声で言うと、何度も窓口を振り返りながら帰っていった。もう大丈夫。今日はなんて嬉しい日なのだろう。私は弾んだ気持ちのまま支店長室に向かい、辞表を提出して深く頭を下げた。

三十年以上を過ごしてきた銀行からさよならをした瞬間だった。ロビーに戻ると涙が出そうだったので裏口から外に出ると、青空は先程のまま雲ひとつなく、澄み切っていた。

枯れ枝の隙間から広がる空を見ながら、私は桜並木を歩いた。

いつものように灰色のビルの角を曲がり、アスファルトの路地を進む。十字路にある公園に入ることは滅多にないが、今日は滑り台の脇で白猫が昼寝をしているのにつられてそ

のまま進み、キリンの遊具に腰をかけて空を眺めた。

周囲に聳え立つマンションのせいで、視界に入る空はちっぽけだ。それでも私だけが知っている私専用の空のような気がして、嬉しくなる。この土地でずっと生きてきた。人がどこからかやってきて、知らないうちに去っていく大都会の真ん中が、私の人生だった。

私は鞄を開けると、中から紙の束をファイリングしたものを取り出した。母が染物屋を閉めたときに取っておいた、全国の職人さんの工房や取引先の呉服店が記された紙束。パラパラ捲ると、北海道から沖縄まで様々な土地の住所が並んでいる。私は決めていた。母と最期のときを過ごしたら、一軒一軒この職人さんを訪ねよう。遠くても、手掛かりが少なくても。もう廃業しているかもしれないし、引っ越しをしている人もいるかもしれない。それでも知りたかった。あの頃の美しい染物が現在どうなっているのか、そして日本中にはどんな染物の技法があり、どれだけ地元の人に愛されているのかを。

涼に頼んだ、染物生地を使った作品を世間に発信できたら。日本の染物の魅力を世界の人に知ってもらえたら。それは自分を着飾るよりも、ずっと私にとって遣り甲斐のあること。私は自分の意思で新たな人生に飛び立つのだ。祖父や母から紡がれてきた家族の夢も乗せて。

スマホの着信音が鳴って、目を覚ました猫が大きな伸びをした。バッグから取り出して青空の下で画面を開くと、太陽の光が反射してメールの文字がよく見えない。私はスマホを額の上に翳し、手で庇を作りながら覗いた。

「絵里さん、改名が認められました。今日から私は涼（すず）です」

〝りょう〟から、ううん、〝すず〟ちゃんからの嬉しいメール。私はキリンから飛び降りると、年甲斐もなく「やった！」と叫んでいた。

完

この作品はフィクションです。

著者プロフィール

鈴木 文（すずき あや）

1960年、東京都生まれ
東京家政学院大学家政学部卒業
神奈川県在住
メディカルハーブコーディネーター、ブレッドライセンス、
カラーセラピスト等暮らしにまつわる資格多数
愛猫家

神さまの決めた色

2023年1月15日　初版第1刷発行

著　者　鈴木 文
発行者　瓜谷 綱延
発行所　株式会社文芸社
〒160-0022　東京都新宿区新宿1－10－1
電話　03-5369-3060（代表）
03-5369-2299（販売）

印刷所　株式会社平河工業社

ISBN978-4-286-28002-8